KB036520

우린 그림자가 보이지 않는다

우린 그림자가
보이지 않는다

제1판 1쇄 2023년 3월 20일

지은이 이동건
펴낸이 이경재

펴낸곳 도서출판 델피노
등록 2016년 8월 11일 제2020-000082호
주소 서울시 양천구 신정중앙로 86, 덕산빌딩 5층
전화 070-8095-2425
팩스 0505-947-5494
이메일 delpinobooks@naver.com
ISBN 979-11-91459-55-5 (03810)

우린 그림자가 보이지 않는다

이동건
장편소설

델피노

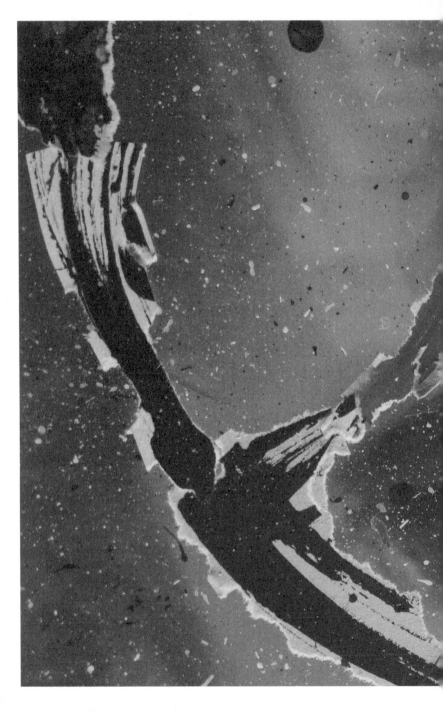

목차

0 · 프롤로그

"여기 회 먼저 드리겠습니다. 아까 말씀하신 대로 미나리는 따로 접시에 담아 드렸어요."

중년의 종업원이 복어 회가 담긴 큰 접시를 식탁 중간에 두며 말한다. 그리고 그 옆에 미나리가 담긴 작은 접시를 붙여 준다. 회를 얼마나 얇게 썰었는지 밑에 깔린 파란색 접시가 훤히 보인다.

"자! 드시죠."

종업원이 방을 나가자 최창길이 이원택에게 말한다. 이원택은 그의 신호에 맞추어 젓가락을 들고 얇디얇은 회 한 점 떠 잡는다. 그리고 젓가락에 걸린 회를 간장에 살짝 찍고 입에 넣는다.

"야~ 이 나이 먹고 복어는 처음 먹어 보는데, 맛 좋네!"

호탕한 말과 함께 복어의 맛이 굉장히 마음에 드는 듯 이원택의 미간이 보기 좋게 구겨진다.

"이게, 이게, 회가 생선의 육질이 단단할수록 얇게 뜨는데, 복어가 회 중에서는 가장 얇게 뜬답니다. 이거 보십쇼. 그냥 다 비치지 않습니까?"

최창길도 뒤늦게 회 한 점을 집어 들고 젓가락에 매달린 회를 눈높이에 맞추며 말한다.

"이게, 맛이 얼마나 좋은지 옛날 사람들은 죽더라도 이거 한 입은 먹고 죽었답니다. 그 일본에 히데요시가 사람들이 하도 복어를 먹고 죽어 버리니까 복어 먹지 말라고 금지령까지 내릴 정도로 사람들이 미쳐있었다네요. 근데 항상 먹을 때마다 느끼지만, 딱히 그 정도까지인지는 모르겠습니다."

최창길은 실실 웃으며 복어에 관한 이야기를 주르륵 꺼내 놓기 시작한다. 이야기는 고대 중국까지 내려가 서동파라는 사람이 나올 때쯤 같이 웃어 주며 맞장구를 쳐 주던 이원택이 젓가락을 내려 놓는다.

"복어 친구 이야기는 이제 충분히 들었고 오랜만에 단둘이 얼굴 보는데, 이유 들을 시간이 된 것 같지? 우리가 서로 바쁜 사람들이 잖아?"

이원택이 우렁찬 소리로 말한다. 워낙 풍채가 큰 사람이라 조용히 말하려 노력해도 목소리가 쩌렁쩌렁 울리는 편이다.

"하, 하. 그렇긴 하죠."

최창길은 머쓱한 표정과 함께 옆에 있는 고운 백색 술잔을 들어 이원택 앞에 둔다. 그리고 고급스러운 술병을 들고 지금까지 숨겨 두었던 말을 꺼낸다.

"대천이 해일 인수 합병하지 않았습니까?"

그는 술과 함께 이원택에게 질문을 담아준다.

"알지. 그것 때문에 대천 주식이 하루 만에 7%가 올랐는데, 잘~ 알지요. 오늘도 3% 올랐나? 그럴 건데."

이원택이 최창길에게 술병을 받아 그에게 술을 따라주며 말한다.

그들의 말대로 몇 개월 전 김태웅의 대천 그룹은 해일이라는 무역회사를 인수 합병했다. 해일은 주로 중국과 일본으로 가는 수출 배로 회사를 운영하며, 규모는 중견급 회사다. 중요한 것은 해일의 최고 경영자는 김진이라는 인물로 김태웅과 가까운 친척 관계이다.

"그래서 내년까지 해일 주변에 대천이랑 같이 공장 짓고 해일에 살 좀 붙여서 사람 더 뽑는답니다. 최근에 포스코랑 이야기하는 걸 로도 알고 있고요. 대천이 돈은 많지 않습니까? 그 죽은 김필정이 가 워낙 중국 놈들이랑 꽌시가 잘되어 있어서 대천 이름 하나 붙이 니 중국 쪽 무역 배가 30% 더 늘어났다고 하네요. 하여간 그 새끼 는 애비 복이 좋아요."

최창길이 따듯하게 올라온 술잔을 들며 말한다.

"아랫지방까지는 크게 관심이 없네요."

이원택이 시큰둥한 반응으로 술잔을 들며 최창길과 잔을 부딪

치고 술을 넘긴다. 그는 지금 귀중한 시간을 내며 남의 사업 이야기는 듣고 싶지 않았나. 그리고 과거 김필정과 연이 깊었기에 대천의 이야기가 불편하게 들리기도 했다.

"그래서 지금부터가 중요한 겁니다. 저기 영덕부터 부산까지 사람들 머릿속에 대천과 해일의 이미지가 좋게 박히고 있습니다. 그리고 게네들 잡고 있던 규제 유하게 넘어가 주고 지원도 팍팍 해주면서 공장 부지까지 공짜로 내주던 놈이 최성건. 거의 임기 끝나긴 하지만, 그 경남 도지사 아시죠?"

최창길의 입에서 최성건의 이름이 나오자 이원택의 눈빛에 지루함이 사라진다. 그리고 빈 술잔을 손에 쥐고 그의 말에 집중하기 시작한다.

"그 최성건의 동생이 최성진이, 최근에 야당 싹 갈아엎을 때 혼자서 옳은 소리 하는 척! 하고 나이도 젊고 얼굴은 잘생긴 걸로 옛날부터 유명했고, 여론에 좋은 제목으로 올라와서 인기몰이하는 것도 아시잖아요. 거기에 말년 최성건까지 그러니까 그 두 형제가 거의 연예인입니다. 원래 최성건이가 일 하나는 잘하는 걸로 인정받았으니, 더 하겠습니까?"

말을 들은 이원택이 술잔을 완전히 내려놓고 팔짱을 낀다. 최창길의 말에 완전히 집중하고 있다는 뜻이고 최창길도 그것을 정확히 캐치하였다.

"그리고 이진수!"

최창길이 이진수의 이름을 소리친다.

"진수? 이번에 특검했잖아."

툭 던진 이원택의 말에 최창길은 고개를 끄덕인다.

대천이 해일을 합병하기 전, 최성진이 있는 제1 야당 속 가장 높은 곳에 앉아 있는 사람, 흔히 어르신이라고 불리는 사람 세 명이 누군가의 폭로와 함께 기소되었다. 그 사건은 손쓸새 없이 뉴스에 타오르고 여론몰이가 심해지자 관심도는 풍선처럼 불어났다. 그렇게 특검이 만들어지고 그 담당은 이진수, 그는 야당의 뿌리가 되는 어르신 세 명을 감옥으로 보냈다. 설명은 몇 문장으로 끝났지만, 이진수는 그 셋을 감옥에 보내기 위해 각종 압박을 버티며 반년을 밤새웠다.

"이진수, 그 새끼가 원래 우리랑 같이 밥 먹던 친구잖아요? 근데 갑자기 최성진이랑 손잡고 일을 하는 것 같습니다. 또 최성건이는 몰라도 최성진이는 힘이 있던 놈이 아니잖아요. 애가 순둥순둥해서 그러기도 힘들죠. 각설하고 그 늙다리 세 명이 위에서 죽치고 앉아 있었는데, 지금 다 감옥 갔잖아요. 그래서 그 밑에 안석현, 백정환, 박경수가 힘 좀 키우고 있다. 이게 다 누구 때문에? 최성진이 친구 이진수 때문에!"

최창길의 말이 끝나자 이원택은 숨을 멈추고 잠시 생각에 잠긴다. 그러나 바로 콧김을 뱉으며 생각에서 빠져나온다.

"안석헌, 박경수랑 백정환은 뭔 상관이야? 아니, 그것보다 진수가 대천 김필정 감옥 보낸 놈 아니야? 근데 어떻게 대천이랑 붙어먹는 최성진이랑 같이 있어. 앞뒤가 안 맞지 않나? 대천 김씨 남자들이 성격 개판인 걸로 유명한데, 김태웅이 지 애비 감옥 보내 죽인 놈이랑 같이 일을 한다고?"

이원택의 말에 최창길은 몸을 뒤로 눕히며 한 수 접는다. 그는 이진수와 최성진이 같이 일한다고 당당히 말은 했으나 어디까지나 추측이었다.

"뭐… 그게 논리적으로는 그렇긴 합니다. 근데 사업하는 친구들이 돈만 되면 가족 뒤통수 때리는 놈들 아니겠습니까? 각설하고 이진수가 최성진이랑 손잡은 것 같고 갑자기 대천이 해일 인수했고 원래 단단하던 아랫지방이 거의 시멘트가 돼 가고 있고! 가장 중요한 것은 그쪽 당 대표 아들 두 명이 미국에서 유학 중인데, 둘 다 실종됐어요. 시체도 못 찾고 머리카락 하나 못 찾았다니까요. 그래서 지금 맛탱이가 가서 건강 문제 명목으로 사퇴 준비 중이고 안석헌이 대표한다는 말 나오고 있고요."

"그러니까 그 모든 게 이진수랑 최성진이 짜고 치고 하는 중이다?"

이원택이 반신반의한 표정으로 말한다.

"저는 그렇게 생각은 합니다."

최창길과 이원택이 서로 눈을 마주친다. 한마디의 말도 오가지 않고 진득한 눈빛만 서로 보내고 있다.

"그게 되나? 미국은 원래 총 맞는 걸로 유명하고 안석현이 당 대표하는 거는 또 뭔 상관이야? 진수나 최성진이나 날고 기어봤자 아직 안석현한테는 안 돼. 그리고 김태웅은 지 애비랑 달리 정치에 관심 없었으니 대천이랑 정치랑 관련 없을 거고 최성진이는 얼굴만 봐줄 만하지 뭐 없고 진수는 특검도 끝나고 검사도 그만뒀잖아? 근데 그 둘이 뭘 하냐?"

이원택이 말을 따갑게 뱉는다.

"확실하지는 않고 그냥 제 생각입니다. 또 들리는 소리가 있으니 혹시 모르니까, 그냥 느낌이 좋지 않다 이 말이죠. 하…"

최창길이 그의 눈을 피하며 자신의 진실된 생각을 말하고 어색한 웃음으로 끝을 흐린다.

"그거 아니더라도 지금 그쪽 완전히 갈아엎어졌고 위에 꽉 막힌 노친네들 빵에 가긴 했는데… 그것뿐이에요. 달라진 게 없습니다. 좀 힘 있는 의원들도 그냥 가만히 있고 안석현, 백정환, 박경수 이 셋이 진짜 실권만 잡았죠. 강제로 세대교체가 된 느낌이랄까요?"

그의 말을 들은 이원택이 다시 팔짱을 끼며 생각에 잠긴다. 최창길의 말대로 진짜 이진수와 최성진이 손을 잡아 지금까지 들었던 모든 일을 만들었다고 가정하며 대충 판을 깔아 본다. 대천을 엮고 시금 야당의 실권들과 이진수를 잘 섞어 그림을 그린다. 그리고 얼추 그림의 사이즈가 보이자 팔을 풀고 회 한 점 떠먹는다.

"아무리 생각해봐도 앞뒤도 안 맞고 말이 안 되기는 하는데… 다른 건 몰라도 그 진철이(제1 야당 당 대표) 아들 실종이 이진수가 한 게 확실해?"

그의 질문에 최창길은 자신감 없이 고개를 젓는다. 딱히 증거도 없었고 그럴듯한 정황도 없었다. 모든 것은 뒤에서 들은 이야기로 만들어진 최창길의 추측이었다.

"뭐, 그건 그렇다 치고 남에 가족 일이기는 하지만, 뭔가 일에 순서를 지켜야지. 정치판이 그래서 어려운 건데, 남자가 뒤에서 그림 그리면 쓰나!"

이원택은 지금까지 들은 말을 모두 믿지는 않지만, 이진수가 정치 쪽에 어떤 꿍꿍이가 있다는 것은 알고 있었다. 그도 어디서 들은 이야기가 있기 때문이다.

"그렇습니다."

잠시 자신감을 잃었던 최창길의 얼굴에 화색이 돈다. 그리고 술병을 들어 이원택에게 술을 따라 준다.

"굳이 네 말이 아니어도 다음 주에 그쪽으로 가서 사람 하나 만나려고 했어. 만나는 김에 정확한 사정이랑 분위기 좀 듣고 와야지. 근데 너는 옛날부터 진수 싫어했잖아? 내 생각에는 괜히 아니꼽게 보는 거라서 별일 아닐 것 같은데?"

이원택은 잔에 술을 받으며 말한다.

"제가 그 친구를 좋게 보지는 않았죠. 그래도 별일 아니어도 확실한 게 좋지 않습니까?"

최창길은 말을 끝내고 이원택은 커다란 소리로 웃으며 서로 잔을 부딪친다.

우린 그림자가 보이지 않는다

1
·
전개

"성진 씨, 이번에도 수고 많았어요. 저희가 문제를 일으킨 것도 있었지만, 다행히 성진 씨와 형님의 좋던 이미지가 더 좋게 굳어지고 있습니다. 조금 피곤하셔도 좀 더 대외적으로 활동하셔야 할 거예요. 내일 있는 인터넷 촬영 잘해 주시고요. 구독자가 50만이 넘는다네요. 그 전부가 보지는 않겠지만, 그래도 꽤 보는 것 같아요."

이진수가 최성진의 사무실 소파에 털썩 몸을 맡기며 말한다. 최성진도 그와 마주 보는 소파에 앉아 손에 들려 있는 커피잔을 테이블 위에 올려놓는다.

"이게 뭐가 피곤합니까. 제가 처음 선거 나왔을 때 아무것도 모르는데, 국회의원은 되겠다고 뭔 이상한 팻말 들고 새벽 4시부터 서 있었어요. 그때가 겨울이었는데, 와~ 그때만 생각하면 아직도 손발이 시려요."

최성진의 말에 이진수는 피식 웃으며 근육이 뭉친 목을 천천히 돌린다.

"그리고 내천 일도 잘되고 있습니다. 이번에 만들 공장 부지 도장 찍혔고 배는 잘 다니고 있고 이제 슬슬 뒤에서 당 사람들 돈 먹여야 할 때입니다. 지금 뒤로 받는 돈에 다들 예민하지만, 다 잘들 받잖아요. 모인 자금이 지금 130억 정도 있고 그중 절반이 달러입니다."

"쌓인 금액이 생각보다 너무 큰데요?"

최성진이 놀란 표정을 지으며 잔을 들어 커피 한입 마신다.

"이번 대천 주식도 있었고, 제 돈이랑 성진 씨 돈도 있었죠. 근데 김태웅의 돈이 거의 반절이에요. 옛날 김필정의 정보가 어마무시했죠. 중국 쪽 애들과 친한 것도 도움이 컸고 저도 몰랐는데, 세금 피한다고 중국에 숨겨둔 돈이 장난 아니에요. 대포 통장만 50개 넘게 있으니 뭐, 잡힐 일도 없고. 달러는 중국 애들 돈인데, 이미 상하이에 도착했다니까 큰 문제는 없을 거 같습니다. 혹시 몰라서 여분의 자금은 동남아 쪽 카지노에서 세탁해 놨고요. 좋죠?"

최성진은 이진수의 말에 고개를 끄덕이며 빈 커피잔을 다시 테이블 위에 내려놓는다. 이제는 커피 대신 얼음이 달그락거리며 소리를 낸다.

"지금 분위기대로 쭉 갔으면 좋겠네요. 갑자기 중국이 미국이랑 좋게 가고 일이 잘 풀리네요. 그냥 전부 계획대로 술술 풀리니까 솔직하게 놀랐어요."

최성진이 커피로는 피곤한 기색을 숨기지 못하고 눈을 비빈 후 기지개를 쭉 켜며 말한다.

"그렇죠. 근데 그쪽은 워낙 변덕이 심해서 모르겠네요. 그리고 내년 초에 미국 대선도 있고 한국은 지방선거도 있고. 지금 말한 모든 게 저희가 어떤 계획을 진행할지 결정하는 중요한 기점이에 요. 지방선거에서 돈 많이 필요할 겁니다. 몸 바쁜 거는 당연한 거 고요."

이진수도 말을 끝내고 피곤한지 참을 수 없는 하품을 보인다. 그리고 손바닥으로 머리를 비비듯 쓸며 말을 이어간다.

"위험한 일은 끝났습니다. 특검 안 됐으면 저희 다 모가지 날아 가는 건데, 잘 넘어갔어요. 그렇다고 지금 좋은 상황도 아니네요."

그는 계획이 운이 좋아 해결된 것처럼 말하지만, 사실 행운 따 위는 필요 없을 정도로 완벽한 계획이었다.

"그러니까요. 지금은 웃으며 저희 옆에 붙어있는 놈들도 살짝 이상해지면 바로 뒤통수 칠 놈들이고 지금 감방 들어간 어르신 분 들도 3년 약간 넘게 받았는데, 그전까지 저희가 입지를 굳히는 것 도 힘들어 보이네요."

최성진의 말끝에 한숨이 새어 나오고 이진수는 그의 한숨에 따 라 피식 웃는다.

"다 생각한 거니 걱정하지 마시고 모두 계획대로 잘 되어가고 있으니까 저만 믿으세요. 지금으로써는 이 말밖에 드릴 수 없네요. 성진 씨는 그냥 그 자리만 지키면 됩니다."

이진수의 말에 최성진은 고개를 끄덕이며 얼음만 담긴 커피잔을 들어 반쯤 녹은 얼음을 씹어 먹는다.

"이제 슬슬 상대 당에서 반응이 올 때 아닙니까?"

최성진이 말한다.

"오겠죠. 분명 올 겁니다. 신경 쓰고 있을 거고 상황 돌아가는 거 누구보다 빠르게 파악해서 따로 말하고 있겠죠. 그럼 저나 성진 씨를 찾아올 거고요. 아니면 형님분이나요."

이진수의 말끝에 최성진이 말을 이어가려다 입을 다문다. 자신의 생각을 확신하지 않기 때문이다.

최성진, 그는 어렸을 때부터 올곧게 살아왔던 인물이다. 공부도 잘했고 큰 문제도 없었고 교우관계도 원만했다. 집안은 뼈대 굵은 정치 집안으로 다들 총리, 장관, 의원 자리에 앉아 있었고 나중에 그의 형은 도지사 자리에 앉게 된다. 그렇기에 최성진은 어렸을 때부터 자신의 생각은 항상 짓밟혔고 집안 어른들이 만들어 준 인생의 길만 걸어가는 바람에 성인이 되어서는 스스로 아무것도 하지 못하는 바보 같은 사람이 되어버렸다. 그는 누군가 자신을 끌어줘야만 움직일 수 있는 기계로, 유년기 시절은 부모가 그를 끌어

줬고 성인이 돼서는 그의 형이, 지금은 이진수가 그를 끌어 주고 있다.

"그럼! 저희 열심히 해 봅시다. 고생길 훤한 건 알고 있던 사실이니까, 열심히 해야죠!"

이진수는 힘차게 일어나 기운찬 말을 뱉는다. 최성진은 그의 말에 웃으며 맞장구를 쳐 준다. 하지만 올라갔던 분위기는 금세 가라앉고 이진수는 인사와 함께 그의 사무실을 나온다. 그리고 주차장이 있는 지하로 걸음을 옮기며 잠시 머리를 비운다. 그는 항상 생각에 빠져 있다. 그래서 이렇게 짧게 시간이 나는 동안 생각을 비워 머리를 식히는 편이다.

그의 걸음은 어느새 차가운 지하 주차장에 도착한다. 전 대천의 회장, 김필정이 죽은 지 1년하고도 반년이 넘어가는 시점, 계절은 아직 쌀쌀해 지나간 겨울 냄새를 버리지 못했다. 이진수는 차에 올라 시동을 켜고 밖으로 나간다.

이진수는 그동안 위험천만한 일을 진행해 왔다. 최성진과 그의 형을 앞장세워 당에서 세력을 만들려고 했지만, 사람들이 그냥 당해주지 않았다. 그들은 똘똘 뭉쳐있었고, 똑똑하기까지 했으니 뚫리지 않는 철옹성이었다. 그러나 이진수는 그 일을 진행하기 전 사전 계획을 무려 5년 넘게 진행해 왔다. 정보 수집에는 10년이라는 시간을 보냈었다. 그렇게 이진수는 그동안 모아왔던 정보를 통해 단단했던 철옹성의 틈을 찔러 조금씩 자신의 편으로 만들었다. 하지만 그래도 넘어오지 않는 사람들이 있었다. 정치권에 오랫동안 발을 담그고 있었으며 힘과 영향력이 막강한 사람들, 흔히 어르신이라고 불리는 사람들이었다. 그들이 움직이지 않으니 밑에 있는 사람들은 움직일 수가 없었고 이진수는 어르신들의 약점에 살을 붙여 한 기자를 만났다. 그 기자는 미친놈이라고 불릴 정도로 위쪽의 눈치를 전혀 보지 않으며 그냥 물어뜯는 남자로, 과거 국정 농단 사건을 홀로 파헤치며 세상에 꺼냈던 인물이었다. 물론 지금은 죽었다. 정확히는 누군가 죽였다. 어쨌든 그 기자를 시작으로 배고픈 여당은 어르신들의 약점을 물고 늘어지며 청문회를 열었고 언론은 어르신들을 가리켰다. 횡령, 성 추문 등 자극적이고 악질적인 뉴스와 불같은 성격의 대통령까지 등에 업고 특검이 만들어졌는데, 알다시피 그곳에 이진수가 있었다. 그렇게 이진수의 말을 듣지 않았던 어르신 세 명은 감옥으로 직행했다. 그 이후 이진수는 정치 쪽에서는 아무런 행동도 하지 않았다. 어르신들 없는 당이 알아서 굴러가도록 놔두고 최성진의 힘만 조금씩 키우며 가만히 있었다.

지금은 굳기 전 시멘트 같은 시기다. 누가 마지막 발자국을 남기고 굳히냐의 싸움이다. 그래서 이진수는 가만히 상황을 지켜보고 있는 것이다. 이대로 굳기만 해도 최성진의 큰 발자국 하나는 남길 수 있었다. 괜히 억지로 사람들을 건드리다 그들이 다 같이 일어난다면 모든 게 물거품이 된다. 모든 것은 시간이 해결해 줄 것이다. 그리고 이후 그의 계획은 낚시, 겁 많은 미끼를 바늘에 끼워 놨다. 이제 그 미끼가 슬슬 움직일 준비를 하고 있고 물고기가 미끼를 물 때까지 조용히 기다리고 있으면 된다.

이진수의 차는 신호를 받아 사거리에 멈춘다. 그리고 생각은 정치판에서 박종혁으로 넘어간다. 그와 마지막 연락은 석 달 전, 그를 한국에 불러오고 수많은 사람을 죽였다. 그리고 당 대표의 아들 두 명을 죽이는 일을 마지막으로 조용히 두고 있다. 박종혁은 살인자, 심지어 걸리지 않는 완벽한 살인이 가능하니 이진수에게 가장 위험한 인물 중 한 명이다. 박종혁이 생각 많은 겁쟁이라서 다행이었다. 아니었다면 이진수는 진작에 죽었을 거다.

신호가 초록색으로 바뀌고 이진수는 차를 앞으로 몬다. 좀 더 비장한 눈빛으로 정면을 바라본다. 박종혁, 이진수의 계획 속에 존재하는 가장 큰 변수, 지금까지 진행한 계획을 송두리째 뽑을 수 있는 인물 중 한 명이고 이제 슬슬 마무리를 지어야 한다. 쓸 만큼 썼으니 버리겠다는 말이다.

이진수가 차를 타고 생각에 빠져있는 시각, 다른 장소에서 이원택은 따뜻한 날씨를 품은 난초의 잎사귀를 살포시 만지고 있다.

"그래서 요즘 지낼 만한가요?"

그는 말을 작게 뱉는다고 뱉었지만, 목소리가 우렁차게 퍼진다.

"뭐~ 언제는 잘 지냈습니까. 경기는 매년 안 좋고 살기는 팍팍하고 집값은 오르고. 그래노 요즘 날씨 하나는 좋네요."

커피가 담긴 유리컵을 손에 든 한 남성이 이원택의 옆에 선다. 작은 키, 마른 체형, 중후한 나이를 가진 제1 야당 최고 의원 중 한 명, 박경수다. 그는 상황의 흐름을 읽는 능력과 경험에 비롯한 빠른 판단으로 유명하고 좋은 머리와 신기 들린 운은 말할 필요도 없다. 성격은 워낙 좋은 편이라 높은 곳에 올라왔지만, 적도 많이 없는 특이한 인물이다.

박경수는 당의 어르신들이 감옥에 간 것을 시작으로 이진수의 편으로 갈아탄 인물이고 그의 판단 하나만 믿고 같이 갈아탄 사람이 수두룩하다. 그래서 이진수와 좋은 만남을 가졌던 인물이기에 가장 안전하고 비밀스러운 돈과 여러 가지 좋은 것을 많이 받아먹었다. 물론 박경수가 이진수의 편으로 갈아탄 이유는 단순히 돈 때문은 아니었고 그의 창창한 미래를 보았기 때문이다.

"흠… 분위기 요란하다는 소식 듣고 구경거리 있나 해서 왔는데? 우리 경수 씨가 조용히 지내는 것 보니 큰 문제는 아닌가 봐?"

이원택은 계속 난초를 쓰다듬으며 박경수를 슬쩍 떠본다. 이 둘은 대학 동기로 나름 친한 인물이기에 단둘이 있을 때는 말을 편하게 하는 사이다.

"요즘 시끌벅적하지. 그 이진수라고 있지 않습니까? 저번에 특검 많은 놈. 그놈이 원래 너 밑에서 일하던 새끼였잖아요? 갑자기 뭔 바람이 불었는지 어르신 배에 칼을 찌르네? 최성진이도 이상하고. 그래서 나는 좋아~"

박경수는 말을 끝내고 커피를 한 모금 마신다.

이번 이진수가 당을 갈아엎은 일 때문에 여당과 야당의 감정의 골이 깊어졌다. 그러나 박경수는 큰 불만이 없었다. 그는 오랫동안 정치권에서 일하며 큰 파도를 만나 왔었고 항상 살아남았다. 변화는 당연한 이치라고 생각하는 사람이기에 이번 이진수가 버린 짓도 당연한 시대적 변화라고 받아들였다. 그리고 개인적인 일로는 어르신 한 명과 박경수의 사이가 좋지 않았다.

"그래서 뭐 조치를 할 겁니까? 아니면 새로운 동아줄에 매달리나요? 아니, 근데 이제 매달릴 짬밥은 아니잖아?"

이번 일이 이진수가 버린 것을 안 이원택이 쓰다듬던 난을 놓고 박경수를 바라본다. 박경수는 고개를 반대쪽으로 돌리며 느릿느릿한 걸음과 함께 커피를 입에 머금는다.

"뭐 조치를 취합니까~ 군대도 아니고. 변화를 받아들이는 거죠. 모두 자연스러운 겁니다. 최성건이는 말할 것도 없고 최성진이는 옛날부터 얼굴 하나로 TV에 자주 보였던 인물이잖아요? 밖에서 볼 때는 혼란스러워 보일지 몰라도 저희는 괜찮습니다. 옛날에는 이런 일 없었습니까?"

느릿느릿 거북이 같은 그의 발길은 푹신한 가죽 의자에 도착하고 그 위에 엉덩이를 살포시 붙인다. 이원택도 그를 따라 걸음을 빠르게 옮겨 옆에 있는 가죽 의자에 앉는다.

"내 생각이지만, 사람 하나로 뭔가 크게 바뀌고 그럴 것 같지도 않아. 내가 이진수 그놈을 밑에 두고 일 좀 시켜봤는데, 일은 잘해! 그것도 기똥차게. 근데 그걸로는 안 돼. 여기 일 잘하고 머리 좋은 사람이 한둘인가? 그쪽 사람들도 순순히 허리 굽힐 사람 하나 없고 저희 같은 사람들이 워낙 변화에 민감한 사람들 아니겠습니까?"

이원택이 나무로 만든 딱딱한 팔걸이를 손톱으로 두드리며 말을 뱉는다.

"내가 여기서 점심만 30년 정도 먹었는데, 사람 하나 보지 못할까? 설마 어르신들까지 보냈는데, 병신같이 무너지지는 않겠지. 어떻게 감당하려고? 원택아, 너가 말한 대로 일 하나는 기똥차게 한다며? 그럼 믿을 만한 거 아닌가?"

박경수가 입에 컵을 붙이며 조용히 말을 끝낸다. 이원택은 고개를 끄덕이며 주변을 둘러본다. 대충 그의 말을 들어보니 최창길의 말이 모두 맞다는 걸 깨닫는다. 그리고 박경수가 어떤 줄을 잡았는지도 알았으니 더 이상 궁금한 것은 없다.

"뭐~ 책임은 저희가 지나요? 그 친구가 지는 거죠."

이원택이 웃으며 자리에서 일어나 사무실을 떠날 준비를 한다. 박경수도 예의상 자리에서 같이 일어나 악수와 함께 좋은 말 몇 마디 나눈다. 박경수는 이진수에 대한 자신의 감이 틀리지 않다고 생각한다. 그 감 하나로 살아남아 지금의 위치까지 올라온 인물이니 당연했다.

이원택은 박경수와의 만남 이후 거리로 나와 정처 없이 떠돈다. 그는 목적지 없이 걸으며 집중에 빠지는 편이다. 그 누구에게도 표출하지 않았지만, 박경수를 만나기 전까지 이진수와 최성진 때문에 걱정이 조금 있었다. 그는 이진수의 일 처리 능력 하나만큼은 인정하는 편이다. 그리고 현재까지 굴러온 상황을 보면 그가 느낀 불안감은 결코 근거 없지 않았다. 거기에다 이번 박경수와 대화에서 최창길의 말이 모두 맞다는 확신을 가졌으나 오히려 이진수에 대한 걱정은 완전히 사라졌다.

정치판은 단단하다. 전국에서 머리로 날고 기는 놈들 중 가장 뛰어난 놈들이 똥물 뒤집어 가면서 10년, 20년을 살아가는 곳인데, 굴러온 젊은 돌에게 무너질 곳이 아니다. 그리고 워낙 변화에 민감한 사람들이고 뇌물 주고 하는 시대도 지났으니 지금 당장은 숨기고 있을지는 몰라도 모두 이진수에게 거부감을 느끼고 있을 거다. 거기에 감옥으로 간 어르신들이 전부 3년 정도 받았으니 그 시간 안에 뭘 바꾸기는 어렵다. 그는 그런 조건을 밑그림 삼아 대충 예상되는 머지않은 미래를 그려본다. 그렇게 그가 완성한 미래의 결과는 아무것도 변하지 않는다는 그림이 나왔다.

'시간이 모든 걸 해결해 준다.'

이원택의 그림이 보여준 답이다. 이대로 아무도 나서지 않고 가만히만 있는다면 이진수는 홀로 끝을 볼 것이다. 그럼 자그마한 혼란은 눈 깜짝할 사이에 사라지며 안정과 함께 모든 게 자리를 잡는다.

이원택이 생각을 끝내자 갑작스러운 한기에 흠칫 놀라며 주변을 둘러본다. 누군가 자신을 지켜보고 있다. 아니, 정확히는 자신을 미행하고 있다는 느낌이 선명하게 들었다. 스산한 어둠이 느껴진다. 하지만 딱히 수상한 사람은 눈에 걸리지 않는다. 너무 많은 사람이 주변을 지나치기 때문에 딱히 수상한 사람을 특정할 수도 없다. 중요한 건 이진수는 홀로 자멸할 것이다.

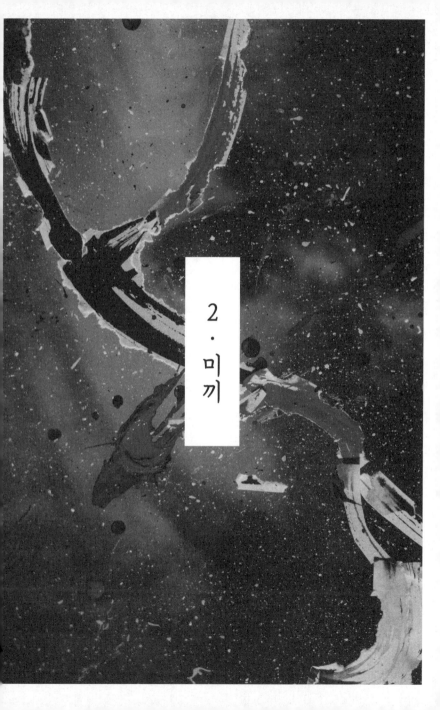

2 · 미끼

어둠 속에서 눈이 떠진다. 잠에 잔뜩 취해 누워 있는 몸이 무겁게 흘러내린다. 입을 벌리고 잤으나 딱히 입안은 마르지 않았다. 흘러내린 몸이 굳어 갈 때쯤 천천히 몸을 일으켜 본다. 우선 자리에 앉기는 했으나 고개가 아래로 꺾이고 반쯤 잠에 빠진다.

매일 지루하게 반복되는 나날. 방금 잠에서 깨어났지만, 벌써 늦어버린 시간. 나는 매일 한숨과 함께 하루를 시작한다. 허벅지 아래 깔린 핸드폰에는 아무런 연락도 나를 기다리고 있지 않다. 어제 저녁은 굶었고 지금 배는 고프지 않다. 요즘 따라 입맛조차 사라지는 중이다. 그냥 지금 나는 비어있는 공허한 껍데기 같다.

마지막으로 이진수에게 온 연락은 몇 달 전, 언제인지 정확하게 기억은 나지 않는다. 그는 나에게 미국으로 가 사람 두 명을 죽여달라고 부탁했다. 해외로 일 처리하러 가는 것은 처음이었고 거기에 미국이라니 처음에는 거절했었다. 하지만 대가로 값어치 5억의 현물 혹은 현금, 두 명이었으니 10억이었다. 대가는 둘째치고 우선 나는 그의 말을 거부할 수 없었고 그렇게 미국으로 떠났다. 언제나 그랬듯이 일은 문제없었다. 한국으로도 잘 돌아왔고 그가 말한 대가는 그냥 현금으로 받았다. 다른 게 필요하지도 않았다. 그리고 지금 살고 있는 집은 내가 예전에 동남아에서 한국으로 도착하고 이진수가 안내해 준 집인데, 누구 것인지는 몰라도 나 혼자 생활하고 있다.

"연락이 없다."

잠은 내가 미국 갈 때쯤 다 날아갔다. 그리고 방금 무의식적으로 입 밖에 나온 짧은 한 문장, 방금 그 문장을 며칠 아니, 몇 주째 생각하고 있다. 우선 매트리스 옆에 차갑게 식어버린 커피를 마시며 잠시 끊었던 생각을 이어간다.

"연락이 없다는 건 나를 죽인다는 건가?"

그랬으면 진작에 죽였을 거다. 굳이 몇 달 동안 연락도 없이 나를 괴롭히며 살려둘 리가 없다.

"그래, 그랬을 거면 동남아에서 내 목을 잘랐겠지."

그러니 살려둔다는 것은 언젠가 나를 써먹겠다는 이야기다. 마치 최후의 비밀 병기처럼 말이다. 아니면 그동안 많은 사람을 처리했으니 휴가 같은 것일 수도 있다.

이진수는 나에게 적어도 한 달에 한 번은 일을 주었다. 당연히 그 일은 사람 죽이는 일. 이진수가 정해진 장소에 사람을 데려오면 나는 그 사람을 죽이고 증거를 처리하면 되는 아주 쉬운 일이었다.

"나를 감시하고 있을까?"

갑자기 뚱딴지같은 말이 나오지만, 당연히 나를 감시하고 있다. 이 이야기를 하려면 지금 있는 집에 들어온지 얼마 안 됐을 때 겪은 일을 꺼내야 한다.

이 집에 가구라고는 매트리스 하나뿐이다. 방은 네 개, 화장실은 두 개이지만, 거실 한가운데에 비싼 매트리스 하나만 있었다. 물론 나의 부탁이었다. 혹시 몰라 집안 전체를 쥐잡듯이 뒤져 보아도 카메라나 녹음기는커녕 간단한 기계 쪼가리 하나도 나오지 않았다. 그렇게 집에 들어온 지 며칠이 지난 어느 날 밤이었다. 나는 깊게 잠이 들어있었는데, 누군가 강하게 문을 두드리는 소리에 깨어났다. 계속 들리는 소리에 인기척과 발소리를 모두 없애고 천천히 문 앞으로 걸어갔다. 그리고 문밖에서 들리던 목소리.

"야, 전화 걸어."

마치 내가 문 앞에 있다는 걸 아는 듯 문밖에 사내는 내게 말했고 순간 엄청난 공포감이 내 몸을 덮었다. 그리고 고개를 뒤로 돌리자 매트리스 위에 있는 핸드폰이 눈에 들어왔다. 다시 천천히 매트리스로 걸음을 옮겨 핸드폰을 손에 쥐었다. 모르는 번호로 걸려온 다섯 통의 부재중 전화, 문밖에 있는 누군가의 말대로 전화를 걸었다.

"예~ 종혁 씨 집에 잘 게시죠?"

이진수의 목소리였고

"… 예."

익숙한 두려움이라 딱히 당황스럽지는 않았다.

"그럼 문 열어 봐."

죽음이 말했다.

나는 우선 부엌으로 걸어가 칼을 챙기고 현관문 앞에 섰다. 전화는 계속 받은 채 말이다. 이진수는 아무 말 없었다. 그리고 나는 조심히 문을 열었고 그 앞에는 어둠만 있을 뿐 그 누구도 없었다.

"핸드폰 무음으로 하시지 마시고 전화 좀 잘 받으세요. 걱정되잖아요."

내가 문을 열자 이진수는 말을 뱉고 전화를 끊었다. 그 일이 있고 난 후 벽지까지 뜯어가며 카메라나 도청기 같은 걸 찾아봤지만, 역시 작은 기계 쪼가리조차 찾지 못했다. 그렇게 그는 점점 나를 옥죄어 왔었다. 하지만 어느 순간 사라졌다. 밖으로 돌아다녀도 갑작스럽게 숨거나 걸려 온 전화를 받지 않아도 별다른 말이 없었다. 그렇다고 주변에 나를 감시하는 사람도 집에 카메라나 도청 장치도 없었다.

"그렇다면 다시 질문, 이진수는 아직도 나를 감시하고 있는가?"

이 문장에 답은 완벽한 '아니'. 이진수는 나를 길들인 것이다! 처음에는 진짜 나를 감시하고 있었지만, 지금은 아니다!

갑자기 흥분된 마음에 눈을 꼭 감고 차갑게 식은 커피로 마음을 달랜다. 흥분은 올바른 생각을 무너트린다. 천천히 숨을 내쉬며 마음과 생각을 침착하게 다진다. 고맙게도 졸음은 커피가 모두 쓸어 갔다.

이진수는 나를 속였다. 마술 트릭처럼 말이다. 처음에는 완벽한 사실로 속이면 그다음은 거짓말을 해도 사실처럼 믿게 된다. 지금 내가 그 트릭에 빠진 것이다.

"근데 트릭이 아니면?"

지금 이 생각 하나가 나를 폐인으로 만들어 가두고 있다. 그러니 아무런 행동도 하지 못하고 집에만 처박혀 있는 중이다. 그럼 다시 질문은 처음으로.

"연락이 없다."

그가 지금 나를 감시하고 있는지, 안 하는지 아무것도 확신하지 못한다. 그저 그를 두려워할 뿐. 지금 나는 뭔가 까딱하면 죽는 위치다. 하지만 만약 그가 나를 감시하고 있고 내가 수상한 짓을 한다고 해도 진짜 나를 죽일 수 있을까?

"아니."

그는 나를 절대 죽이지 못한다. 내가 그의 목에 칼을 들이밀어도 이진수는 나를 죽이지 못한다. 나는 사람을 완벽히 죽일 수 있다. 증거도 없이 완벽하게 밀이다. 그런 일을 할 수 있는 사람은 나뿐이고 그러니 이진수는 나를 죽이지 못한다.

나는 남아 있는 커피를 모두 들이킨다. 카페인이 억지로 이끌고 온 집중과 몸이 붕 뜨는 느낌, 취기가 올라오듯 얼굴이 화해지며 코끝에 온 정신이 쏠린다. 귀는 더욱 밝게 들리고 눈은 훤하다 못해 저 구석에 있는 먼지 하나까지 보일 정도다.

매트리스에서 몸을 완전히 일으킨다. 그리고 천천히 걸음을 옮기며 차갑고 쓸쓸한 집안을 조용히 걷는다. 건조한 맨발이 차가운 대리석 바닥에 닿는다. 호흡은 차분하다 못해 숨을 쉬고 있다는 것조차 느끼지 못할 정도다.

나도 최근 정치판이 어떻게 돌아가는지 대충 안다. 정치에 관심은 없지만, 이진수와 같이 일하는 입장이니 어떻게 돌아가는지 알 수밖에 없었다. 그는 항상 나에게 고민을 토로하듯 정치권에 누가 자신을 싫어하고 경계하는지 이야기했었다. 나는 이야기 속 인물을 검색해 보았는데, 이진수와 관련된 이야기는 없었지만, 막강한 힘은 가지고 있었다. 그래서 나의 계획은 이진수를 싫어하는 그 사람을 찾아가 같이 이진수를 쳐내는 거다. 물론 그 사람을 만나본 적도 없으며 친분 있는 정치권 사람도 없지만, 괜찮다. 이진수의 함정일 수도 있지만, 그것도 괜찮다.

걸음을 뒤로 돌려 베란다 쪽으로 걷는다. 굳건하게 닫혀있는 이중유리창 앞에 서서 밖을 본다. 밤으로 들어서기 전 고요한 저녁, 황혼.

이진수는 나를 죽이지 못한다. 그러나 나도 그를 죽이지 못한다. 나는 증거를 남기지 않고 사람을 죽일 수 있다. 증거를 없앨 수 있다면 반대로 만들 수도 있다. 해본 적은 없지만, 머릿속 수많은 시뮬레이션의 이론으로는 완벽하게 가능하다. 내가 어떻게든 높은 사람을 만난다고 해도 기회는 단 한 번, 그때 관심을 끌지 못하면 모든 게 끝이다. 어쩌면 나는 지하 감옥 같은 데 갇힐 수도 있다. 설마 진짜 죽이려나?

"김성국."

그는 한때 강력한 정치권 인물이었다. 지금은 실종 상태, 정확히는 내가 죽였다. 그러니 내가 정치권 사람을 만나 그의 이름을 말한다면 그들은 절대로 무시할 수 없을 거다. 나를 한낱 미친놈으로 생각할 수도 있지만, 지금까지 내가 겪었던 걸 말한다면 나를 다르게 볼 수도 있다. 그것도 안 된다면 어쩌겠는가? 이진수의 스타일로 협박, 제안에 수락 아니면 파멸. 나는 그럴 능력이 있다. 사람을 완벽하게 죽일 수 있는 능력을 악하게 쓰지 않겠다고 맹세했지만, 그 맹세를 깬다고 누가 뭐라 할 건가? 모두 나와 같은 상황이었다면 전부 같은 선택을 했을 거다. 세상은 착한 사람을 좋아하지 않았다.

나는 이진수를 죽이지 않을 거다. 먼저 그를 김성국을 죽인 범인으로 만드는 것을 시작으로 모든 것을 빼앗을 거다. 그리고 지금까지 성공해온 계획을 전부 실패로 만들 거다. 그게 그놈이 가장 무서워하는 일이다.

나에게 충분히 승산이 있다. 뭐, 법이나 정치에 대해서 아는 것은 없지만, 분명 승산이 있다. 그리고 이 일에 도움을 줄 것 같은 사람도 확실하게 알고 있고 내일 만날 예정이다. 만나기만 한다면 이진수가 나를 감시하고 있던 뭘 하든 상관없다. 그 자리에서 끝장을 볼 거니 괜찮다.

다음날 최창길은 사무실에 가만히 서서 불이 붙지 않은 담배를 물고 있다. 잔뜩 구긴 미간과 함께 담배를 힘껏 빨아들이지만, 불을 붙이지 않았으니 연기는 나오지 않는다. 그의 눈은 벽면에 달린 TV 화면에 가 있고 그 화면에는 사람들에게 환호성을 받는 최성진이 손을 흔들고 있다. 광장에 몰린 시민들이 환하게 웃고 있는 최성진을 좋아하고 있다. 그는 사람들의 손을 맞잡고 눈을 마주치며 포옹도 한다. 멋들어진 양복과 잘 정리된 머리, 얇은 테의 안경과 잘생긴 외모. 지금 최성진은 정계에서 떠오르는 밝은 샛별이다.

최근 지지율이 여당이 아닌 제1 야당의 승으로 역전했다. 물론 전 국민 대상도 아니었고 근소한 몇 퍼센트 차이지만, 최창길의 씻을 수 없는 불안감은 어쩔 수 없었다. 다시 화면에는 최성진이 보이고 젊은 대학생과 수준 높은 토론을 하는 모습이 나온다. 최창길은 최성진이 어떤 사람인지 잘 알고 있다. 저렇게 사람들 앞에 나서는 성격이 아니다 그렇다고 높은 야망이 있는 사람도 아니다. 잘생긴 얼굴과 형의 이름으로 당의 간판 역할만 하는 도구 같은 인물. 그걸 잘 아는 최창길의 눈에는 최성진 대신 이진수가 너무나도 잘 보인다.

최창길은 자신의 당에 모든 걸 바쳤다. 그의 학창 시절은 딱히 말할 게 없다. 공부는 당연히 잘했고 서울 유명 대학을 나왔다. 그리고 학생 운동으로 새로운 대한민국을 원했지만, 야망에 눈을 뜨게 되면서 정치에 발을 들였다. 그렇게 가장 아래부터 시작해 지금 높은 곳까지 올라온 사람이다. 하지만 모든 것은 올바른 대한민국이 아닌 자신의 성공과 야망 때문에 한 일이기는 했다. 그리고 지금 최성진과 이진수가 눈엣가시처럼 거슬리지만, 가장 강력한 힘을 가지고 있는 사람, 이원택이 가만히 있는 상황이니 뭘 하지도 못하고 발등만 뜨겁게 느껴지고 있었다.

최창길은 화면에서 최성진이 떠나자 길게 숨을 내쉬며 뒤를 돌아본다. 입에 물고 있는 담배는 옆에 있는 쓰레기통에 던져 버리고 바로 앞에 있는 소파에 앉는다. 그리고 그는 나를 마주 본다. 유명한 의원을 앞에 두고 앉아 있으니 긴장이 될 법하지만, 전혀 되지 않는다. 그러나 일부러 몸에 힘을 주어 긴장한 듯한 몸짓을 보여준다.

"그래서 나보고 어쩌라고."

최창길이 담배 연기를 뱉듯 숨을 길게 뱉으며 내게 말한다.

"저 좀 도와주시면 아까 TV에 웃으며 나온 최성진과 뒤에 있는 이진수까지 깡그리 잡아서 족칠 수 있습니다."

나는 최대한 차분하고 느리게 말하며 상체를 앞으로 기울인다. 최창길은 더럽게 코를 먹으며 아까 담배를 버린 쓰레기통에 가래를 뱉는다. 그리고 겁을 주기 위해 인상을 잔뜩 구겨 나를 본다.

"야, 이 새끼야. 니 뭔데?"

최창길은 지금 내 멱살을 잡아끌어 내쫓고 싶은 심정이다. 충분히 읽힌다. 어디 처음 보는 꾀죄죄한 젊은 놈이 이진수와 최성진을 싸그리 잡아서 끝낸다고 하니 정신 나간 사람으로 보일 게 뻔하다. 하지만 그의 마음이 흔들리고 있다. '어찌 처음 보는 젊은 놈이 이진수와 최성진이 같은 편인 것을 알까?'라는 생각이 든 것이다.

"아까 말했듯이 제 이름은 박종혁입니다. 그리고 저는 이진수랑 같이 김성국을 죽였습니다."

나는 진심을 담은 눈빛으로 중요한 본론만 빠르게 말한다. 그러나 최창길은 계속 내 눈을 보고 있지 않다. 하지만 괜찮다. 이미 최창길의 모든 것을 파악한 지 오래였고 방금 말한 것처럼 굳이 눈을 보지 않더라도 그의 생각이 충분히 읽힌다.

"김성국이 니네 집 개 이름이냐?"

최창길이 한숨으로 고개를 내리 깐다. 그의 성격상 김성국이라는 이름이 나왔다면 화를 냈어야 했다. 실종된 김성국은 아직 찾지도 못했고 최창길은 나름 그와 친했던 인물이니 말이다. 하지만 저렇게 당장 죽을 사람처럼 한숨만 푹푹 쉬는 이유는 그의 머릿속이 복잡하기 때문이다. 좀만 더 이끌면 내 쪽으로 넘길 수 있다. 이런 상황에서 생각나는 사람은 단 한 명, 이진수. 그에게 배운 것을 써먹을 때가 왔다. 내가 봐왔던 그를 가면으로 만들어 쓴다.

"저희 집은 개를 안 키우고요. 이진수가 시켜서 김성국을 죽였다니까요. 근데 김성국만 죽였을까요?"

나는 당당한 표정과 함께 손짓까지 사용해 가며 최창길의 궁금증을 긁어 본다. 하지만 아직도 그는 내 눈은커녕 얼굴도 제대로 보고 있지 않다.

최창길, 그의 반응은 모두 예상했다. 지금 내 말은 설명조차 되지 않는 정신병 걸린 말이기 때문이다. 하지만 그렇기에 최창길은 더욱 깊은 고민에 빠졌다. 거짓말을 너무 당당하게 말하니 그 말이 거짓말처럼 느껴지지 않았다.

"몇 년 전에 이진수가 김성국을 죽이라고 시켰고… 아니! 정확히는 김필정이 저에게 시켰지만, 어쨌든 그 뒤에 이진수가 있었으니 이진수가 한 게 맞아요. 그래서 제가 김성국을 죽였고 증거까지 깔끔하게 처리했어요. 전부 저 혼자 했다고요. 그러니까 그 반대로 증거를 만들어서 이진수를 김성국 살해범으로 만들 수 있다는 말이에요. 근데 그 짓을 저 혼자 하다가 이진수가 힘을 쓰면 아무것도 못 하고 묵사발이 되어 버리니까, 의원님 힘 좀 빌려 달라는 말입니다. 이해하셨을까요?"

나는 침착함을 일부러 덜어내고 오히려 거칠게 말을 뱉어 감정이 잘 느껴지게 말한다. 앞뒤 설명 없이 내 이야기를 했음에도 최창길이 나를 내쫓지 않고 가만히 듣고 있다는 것 자체가 내게 점점 넘어오고 있는 중이다.

아직도 나를 보고 있지 않지만, 미세한 얼굴 근육의 움직임으로 내 이야기를 듣고 있다는 것쯤은 알 수 있다. 그리고 방금 턱과 볼쪽 근육이 움직였는데, 내 말에 긍정적인 반응을 보였다는 뜻이다.

"내가 너를 뭘 믿고?"

한동안 깊고 깊은 고민에 빠져 있던 최창길의 입에서 질문이 나온다. 왜 나를 믿었는지 모르겠지만, 저 질문은 예전 누구에게도 받았던 질문이다. 하지만 그때처럼 사람을 죽여 나의 능력을 입증하는 것은 안 된다. 그리고 최창길도 원하지 않을 거다. 허락 또한 해주지 않을 거고 죽일 사람도 없다.

'근데 죽여서 보여주는 거 아니면 다른 방법이 없는데?'

한 줄의 생각과 함께 내 입이 물고기처럼 뻐끔거린다. 이게 말이 되는 소리인가 싶지만, 저 질문이 나올 것이라고 예상은 했다. 그러나 그 질문에 답은 준비하지 않았다. 그렇다고 최창길과 손잡고 김성국이 묻혀 있는 곳으로 가야 하나?

'나는 저 사람을 뭘 믿고?'

입을 다물고 어떤 말을 뱉을지에 대한 고민을 수만 번씩 반복하고 있다. 그러나 조급한 감정은 없다. 어차피 여기서 끝을 볼 거고 결과는 돌고 돌아 최창길의 수락뿐이다.

"야! 대답 못 하겠으면 빨리 나가. 시간 아깝다."

최창길의 말에 내 고개는 번뜩 올라가 그의 얼굴을 바라보지만, 오히려 입은 더욱 꽉 깨물린다. 여기서 중요한 것은 이제 그가 내 눈을 마주 보고 있다. 그러니 그의 생각이 정확하게 읽히는데, 나에게 기대를 걸었다. 하지만 그럴싸한 대답은 좀처럼 생각나지 않는다. 좀 더 상황을 끌어 볼 거다. 계속 좋은 대답이 생각나지 않는다면 그 사람에게 배운 걸 써먹는 수밖에 없다.

"저도 의원님을 믿지 못해서 뭘 말할 수는 없고 그냥 제가 증거를 만들어서 이진수, 그놈을…"

내 말에 최창길은 짜증이 가득 담긴 숨을 크게 내쉬어 말을 끊는다. 나는 최대한 억울한 감정을 담아 고개를 푹 숙여 울기 직전에 모습을 보여준다. 당연하지만, 나의 모든 행동은 연기다.

"시발, 그냥 꺼져."

최창길이 마지못해 말을 뱉으며 자리에서 일어난다. 하지만 말 끝에 강한 아쉬움이 느껴진다.

"제발요!"

나는 모든 걸 잃은 사람처럼 처절하게 말한다. 모든 게 답답한 듯, 모두가 나를 버린 듯, 그가 아니면 나는 죽는다는 듯 말이다. 하지만 그러한 모습으로는 최창길의 아쉬운 마음을 내 쪽으로 넘기지 못했다.

"빨리 나가라~ 경찰 부르기 전에."

최창길은 말을 천천히 늘어뜨린다. 그의 말에 내 표정은 점점 차갑게 변한다.

"제발 도와주세요. 아니면 이진수가 저도 죽일 거예요. 제발!"

내가 빌빌 길 수 있는 시간은 여기까지. 딱히 좋은 방안이 생각나지 않는다. 또 나에게 꺼지라 할 게 뻔하다. 근데 진짜 그런다면 어쩔 수 없다. 협박, 내 제안을 수락하지 않으면 죽을 수밖에 없는 극한의 상황으로 끌어들인다. 내 경험상 그게 최고의 방법이었다.

"꺼지라고!"

그의 거친 말이 나를 미소 짓게 만든다. 어차피 별 준비도 하지 않았기에 상황이 이렇게 될 것을 알고 있었다. 하지만 내가 말을 뱉기 직전 문이 벌컥 열리며 누군가 방 안으로 들어온다.

"어구야! 손님이 있으셨구나."

쩌렁쩌렁한 목소리와 큰 키, 양복 차림, 떡 벌어진 어깨, 중년 남성, 가만히 있지만, 거대한 덩치 때문에 위압감이 조성된다. 정석 중의 정석으로 묶인 넥타이, 결혼반지처럼 보이는 낡은 금반지. 나는 저 사람의 얼굴을 안다. 최근 최창길을 포함하여 여러 정치권 인사들의 얼굴을 전부 익혀 놨다. 저 덩치 큰 사람의 이름은 이원택, 전 국무총리, 현 여당 최고 의원 중 한 명이자 정권에서 가장 힘이 강한 사람 중 한 명이다.

"아이고~ 제가 찾아간다니까. 벌써 오셨습니까."

최창길이 뻘쭘한 표정과 함께 이원택에게 다가가 악수를 건넨다. 그는 최창길의 악수를 대충 받으며 앉아 있는 나를 본다.

"손님이 있으신데, 나가 있을게요."

이원택이 내 눈치를 보는 듯 어색한 존댓말을 붙인다.

"아닙니다. 아닙니다. 이야기 방금 끝났습니다. 안에 들어오셔서 커피 한잔하시죠."

최창길은 고개를 저으며 내게 꽂힌 이원택의 시선을 뺏는다.

전혀 예상치 못한 상황이다. 그러나 당황이라는 감정은 전혀 없고 머리만 빠르게 굴러간다. 갑작스럽게 찾아온 변수가 한 번의 작은 기회를 가져왔다.

"제가 김성국을 죽였습니다. 이진수랑 같이요."

내가 급하게 말을 끝낸 동시에 최창길과 이원택의 날카로운 시선이 내게 박힌다. 이원택이 양쪽 눈썹을 높게 올려 세우며 큰소리로 웃는다. 어이없어하는 웃음이 아닌 정말 재미가 있어 웃는 웃음이다.

"젊은 친구가 말 한번 무섭게 하네!"

이원택의 말을 신호로 나는 자리에서 일어나 당당히 그에게 다가간다. 이원택은 최창길과 잡고 있는 손을 서서히 풀고 다가오는 내게 몸을 돌린다. 그리고 정중한 손짓으로 말을 해 보라는 뜻을 보낸다.

"어디서부터 말씀을 드려야 할까요?"

나의 질문에 이원택은 아까 최창길이 앉아 있던 의자에 앉는다. 최창길은 찜찜해 보이는 표정과 함께 그의 옆에 자연스럽게 앉는다. 찜찜한 표정 속 숨어 있는 기대감도 보인다. 그래, 그냥 보내기에는 아쉽긴 할 거다. 나는 다시 억울하고 도움이 절실한 표정을 지으며 이원택과 마주 보는 의자에 앉는다.

"그러니까 제가 중학교 때… 아니, 그 박하윤이라는 여자 이야기부터 하자면…"

그렇게 나는 내 인생이 이렇게 꼬이게 된 시점, 박하윤과 김태수와의 악연부터 과거 대천의 회장, 김필정을 만나고 김성국을 죽인 다음 이진수를 만나며 그와 함께 김필정을 죽인 모든 이야기를 상세하게 말하기 시작했다. 그리고 이진수를 피해 동남아로 떠났다가 그에게 잡혀 한국으로 오고 난 후, 다시 그와 했던 더럽고 치사한 짓까지 전부 사실대로 털어놨다. 꽤 긴 시간 동안 나 홀로 입을 열었지만, 이원택은 내 말을 경청하며 중간에 끼어들지 않았고 그가 끼어들지 않으니 최창길도 가만히 듣기만 했다.

"그래서 여기까지 온 겁니다. 저는 이제 마지막이에요. 사람 한 명 살린다는 셈 치고 딱 한 번만 도와주세요. 길게 생각할 것도 없이 서로 이득 보는 조건입니다."

나는 이야기의 끝으로 표정을 진지하게 굳힌다. 최창길은 이미 이야기에 푹 빠져들어 나를 완전히 믿고 있는 표정이고 이원택은 모르겠다. 저렇게 큰 덩치에서 조그마한 표정 변화도 없다.

이원택, 저렇게 무의식적인 습관 하나 없는 사람은 처음 본다. 얼굴과 눈빛, 몸짓을 포함한 모든 것을 읽어 보아도 생각의 작은 조각조차 보이지 않았다. 그나마 알 수 있는 것은 그가 통뼈라는 점 그리고 현재 깊은 생각을 통한 미간이 구겨지고 있다는 점뿐이다. 그는 지금 내 이야기를 하나씩 꼬집어 보며 생각에 빠져있다.

"우선 내가 먼저 질문할게요. 젊은 친구 말대로라면 혼자 사람을 죽이고 경찰에 걸리지도 않는다는 이야기인데, 그럼 그냥 혼자 이진수를 죽이면 되잖아요?"

이원택이 생각에 잠겨있는 채로 말한다.

"어… 그게 조금 어려워요. 제가 사람을 죽인다는 게 초능력처럼 뚝딱 죽이는 게 아니라서 시간이 필요하고 이진수도 저를 잘 알고 있어서 어느 정도 대비를 해 둔 것 같아요. 약간의 낌새라도 보인다면… 아니, 그냥 안 돼요."

내 대답에 이원택은 더욱 깊은 생각에 빠진다. 정말 미세한 그의 표정 변화를 읽어 본 결과 방금 대답이 그리 마음에 들지 않았다. 그는 팔짱을 끼며 미동도 하지 않고 계속 생각을 지속한다. 시간은 5분을 지나 곧 있으면 10분이 되는 시점. 옆에 있는 최창길은 아무 말도 하지 않고 조심스럽게 핸드폰 화면을 켜 시간을 확인해 본다. 그리고 내게 미묘한 눈빛을 보내지만, 가볍게 무시한다. 지금 모든 결정권은 최창길이 아닌 이원택에게 있다.

"그럼 두 번째 질문, 만약 젊은 친구의 계획이 실패하면 그때 어떻게 할 거죠?"

"믿음직한 대답은 아니지만, 모릅니다. 저는 실패하는 계획을 만들지 않거든요."

나의 당찬 대답에 이원택은 호탕하게 웃음을 터트린다. 웃음소리가 얼마나 큰지 귀가 먹먹할 정도다.

"그래서 증거가 없으니까 증거를 만들어 이진수를 범인으로 몰 거다?"

이원택의 질문에 나는 강하게 한번 고개를 끄덕인다.

"젊은 친구가 패기 있네. 당차! 하지만 현실은 그렇지 않거든요? 100%는 없고 99%의 성공보다는 1%의 실패가 되는 일이 더 많아요. 하지만 나도 이진수라는 친구가 거슬리거든요. 근데 또 내가 그 친구 잘 알고 있고, 우리 젊은 친구 말이 믿음직하지도 않고, 그래서 내 대답은 안 돼!"

이원택의 말에 최창길은 아쉽고 놀란 표정으로 그를 본다. 아마도 그는 이원택이 나를 도와줄 거라고 생각한 듯하다. 나도 순간 감정을 드러낸 표정을 숨기지 못하고 짜증을 가득 담아 고개를 내뺀다.

"어, 그러니까 제가…"

"안 돼!!"

이원택이 반쯤 소리치듯 말한다. 아까 나를 쳐낸 최창길이 옆에서 내 말을 거들어도 이원택은 꿈쩍도 하지 않고 "안 돼."라는 말을 뱉는다. 그 이후 내가 무슨 말을 하던 그는 안 돼, 안 돼를 기계처럼 반복할 뿐이었다.

"자, 자. 젊은 친구 다시 내가 말해 볼게. 20대처럼 보이는데, 그럼 나랑 나이가 거의 40 차이가 나거든? 꼰대 같은 소리지만, 이진수 같은 인간은 내가 수도 없이 봐 왔어. 그리고 이것보다 심각한 일은 더 많이 겪었고. 근데 모두 어떻게 됐는지 알아요? 그냥 가만히 있으면 전부 그대로 돌아왔어요. 이진수는 그냥 가만히 내버려

두면 알아서 끝날 게 뻔히 보여요. 젊은 친구 상황은 내가 잘 알겠는네, 우리가 그것까지 신경 써 줄 만큼 한가한 사람들이 아니야. 지금까지 들은 이야기는 전부 잊어 줄 테니 돌아가 봐."

이원택은 인자하고 온화한 표정으로 꽤 단호하며 무겁게 말한다. 여기서 내가 뭔 짓을 해봤자 저 사람의 단단한 마음을 돌릴 수 없다. 내가 이원택에 대해서 알아낸 것은 쥐뿔도 없지만, 저 사람이 황소고집이라는 것은 알 수 있었다. 지금 그를 때려죽여도 그의 고집만큼은 죽지 않을 거다.

"저 친구 여기 앞까지만 봐줘요. 저는 여기서 잠시 기다릴게요."

이원택이 최창길에게 말한다. 최창길은 별다른 불만 없이 알겠다는 대답과 함께 자리에서 일어나 내게 나가자는 손짓을 보내고, 나도 별다른 말 없이 그를 따라 밖으로 나간다. 그다지 기대는 하지 않았지만, 저렇게 단호하고 빠르게 끝날 줄은 몰랐다. 그렇다면 원래 하려고 했던 계획으로 가자.

사무실의 문이 닫히고 나와 최창길은 말없이 복도를 걸으며 엘리베이터로 향한다. 내 발소리는 들리지 않고 또각또각 최창길의 구두 소리만 은연히 복도에 퍼진다.

"그, 잠시 이야기 좀 따로 할까?"

최창길은 걸음을 천천히 늦추며 내게 말한다.

"배웅해 준다고 나온 거라 길게는 말 못 하고, 뭔가 그럴싸한 계획을 만들어서 다시 와봐. 이러면 안 되지만, 너에게 믿음이 간다."

그의 말을 듣고 나는 그보다 더 천천히 걸음을 걷는다. 최창길은 눈앞에 아른거리는 미끼를 물었다.

"어떤 부분을 믿는다는 거예요?"

"뭐… 니가 말한 거 전부 다?"

최창길은 걸음을 완전히 멈추고 나를 본다. 나도 똑같이 걸음을 멈추고 그와 눈을 마주친다. 그리고 잠시 흐르는 정적, 그의 눈빛을 읽었고 대충 어떤 성격의 사람인지도 안다. 햇빛이 사선으로 우리를 비춘다. 서늘한 복도에 공기, 조명은 없고 주변에 아무도 없다. 분위기는 딱 좋다. 시간도 이쯤이면 된 것 같다.

"전부 다 믿으면 제가 사람을 죽인다는 것도 믿겠네요? 증거도 없이. 완벽하게."

나는 환하게 웃으며 그를 바라본다. 최창길의 표정이 점점 식어가며 숨을 크게 들이마시고 끊어가며 내쉰다. 그리고 몸이 불편한 듯 조금씩 뒤로 움직이며 나와 거리를 벌린다.

"딸이 두 분 계시죠? 큰딸분 나이가 28이고 그 밑에 20? 큰딸 최지연 수원에 살고 작은딸 최보영 서울 살고."

내 말에 흔들리는 최창길의 눈빛, 지금 그가 느끼고 있는 공포가 너무나 잘 느껴진다. 그리고 뒤따라오는 분노. 아직은 공포, 분노 그 어느 쪽으로도 완전히 치우쳐지지 않았다. 이상한 게 있다면 예상한 것보다 그가 느끼는 공포가 너무 적다.

"오늘부디 일 시작하면 두 병 숙이는데, 2주도 안…"

말이 끝나기 전, 최창길이 내 뺨을 후려친다. 그리고 멱살을 잡고 한 번 더 강하게 뺨을 후려친다.

"이 개새끼가! 아가리를 찢어…"

이번에는 내가 그의 뺨을 치고 벽으로 몸을 밀친다.

"내 이야기 들었잖아? 지금 나 뒤가 없는 사람이야. 여기서 나가면 죽는 게 뻔한데, 혼자 가기 적적하니까 당신 딸들이랑 손잡고 가겠다고. 아니면 나랑 같이 이진수 끝내든가. 우선 횡령으로 구치소에 집어넣어 봐요. 아니, 어떻게든 구치소에 집어넣어야 해요. 그리고 내가 증거 만들어서 다시 신고할게요. 증거 만드는 데, 며칠 걸리지도 않아요."

내게 밀려 벽에 등을 붙이고 있는 최창길이 날카로운 눈빛으로 나를 보고 있다. 지금 내 계획은 내가 들어도 너무나 허접하다. 허접한 수준이 아니라 방금 뱉은 말 같을 정도다. 근데 맞다. 방금 머릿속에서 나오는 대로 뱉었다. 저게 될 수 있는지 나는 모른다. 단순히 횡령으로 이진수를 구속할 수 있는지 모른다. 그러나 최창길은 해야 한다.

"뭔, 시발 갑자기 횡령이야."

"제가 지금 이진수랑 몇 년을 같이 일하고 있어요. 그 새끼가 대천 김태웅을 주무르고 있고 다른 기업이나 정치하는 사람들도 그 새끼 밑에 있어요. 돈 수십억은 우스울 정도로 나르고 뿌리는데, 뇌물이든 횡령이든 뭐하나 잡히지 않을까요? 이번 대천 주식도 그놈이랑 관련 있는데, 경제사범 같은 걸로 안 잡혀요?"

내 질문에 최창길은 대답하지 않는다. 나를 보는 날카로운 눈빛하지만 공포와 분노가 모두 사라졌다. 그의 눈에 남아 있는 것은 새롭게 보이는 신뢰와 희망. 아무리 내가 그의 딸을 죽인다고 협박해도 그는 혼자만의 힘으로 충분히 막을 수 있다. 그러나 내 협박에 넘어온 이유는 딸의 목숨을 핑계 삼아 이진수를 잡기 위해서다. 내가 명분을 줬다는 이야기다.

"그렇다고 갑자기 내가 대천을 쑤실 수 있을 것 같냐? 거기가 뭐 동네 구멍가게야? 뇌물은 시발, 나는 돈 안 받아먹었을 거 같아? 경제사범으로 잡혔을 거면 진작에 바로 쑤셨지! 아니, 다른 방법 같은 거 없어? 곧 죽을 놈이 딸랑 그거 하나 들고 여기까지 온 거였냐?"

그는 답답함에 질린 듯 작게 소리친다. 복도에 울려 퍼지는 목소리가 이원택에게 가지 않게 조심하고 있다.

"저는 법을 몰라요. 의원님은 그런 거 잘 아시는 분 아니에요? 당신 돈 처먹은 거 관심 없으니까 어떻게든 그 새끼 집어넣어야 해요. 그놈이 갇혀있어야지 제가 제대로 움직일 수 있어요. 그냥 이틀 정도만 집어넣으면 돼요. 아니면 진짜 내 모가지가 잘린다고!"

나도 이제 막 나가듯, 당장 절벽 아래로 뛰어내릴 정신 나간 사람처럼 말한다. 그러나 내 상황이 진짜 절벽 아래로 떨어지기 직전이라는 게 문제다.

"야, 생각을 해봐. 그 새끼가 검사였는데, 가만히 있겠냐? 또 뒤에 대천이랑 정치 사람들 있다며 그러면 단순 신고로 영장 절대 안 나와!"

"그건 시발! 의원님이 알아서 하시는 거고. 이해를 못 하시는 거 같아서 다시 말씀드릴게요. 지금 저는 협박하고 있는 거예요. 내가 당신 딸 다 죽일 거라고. 완벽한 살인? 다 좆 까고 당장 칼 들고 찾아가서 죽일 거라고. 그러니까 아는 검사, 변호사, 판사 다 불러서 이진수 집어넣기만 해요. 그럼 제가 끝낼게요. 이진수 없으면 당신도 좋은 거잖아!"

내 말을 끝으로 최창길은 또 입을 다문다. 그리고 눈만 부릅뜨고 나를 노려보고 있다. 그의 마음에 다시 분노가 들어왔다. 하지만 그 분노는 내 협박으로 만들어진 분노가 아니다.

나도 그의 눈을 피하지 않고 본다. 굳이 눈에 힘을 줄 필요 없이 반쯤 감긴 눈으로 그를 본다. 최창길은 서서히 눈을 피하고 눈동자를 위로 올린다. 무언가 생각하고 있다는 뜻. 벽에 머리를 박고 주머니에 손을 집어넣는다. 그리고 이제 듣기도 지겨운 한숨을 뱉는다. 내 손에 죽을 딸들은 그에게 문제가 되지 않는다.

"이게 좀… 아니! 영장이 내가 전화 한 통 돌린다고 나오는 줄 알아? 시발, 영화 찍냐? 지금이 60년대야?!"

벽에서 머리를 뗀 최창길은 뜨거운 답답함과 함께 큰소리를 친다. 조금 전까지만 해도 이원택의 눈치를 보며 커져 가는 목소리를 억누르고 있었지만, 지금 그럴 여유가 없는 듯하다.

"됐습니다. 그냥 없던 걸로 해요."

나는 아무런 대답 없이 자리를 떠날 준비를 한다. 아직 할 말도 많고 이 자리를 떠나지도 않을 거다. 하지만 지금 최창길은 극한의 아쉬움으로 나를 절대 놓치지 못한다.

"알았어! 우선 내가 여러 군데 전화를 넣어 보고 알아볼게. 그리고 다시 만나자. 어때?"

그는 걸음을 뗀 나의 어깨를 강하지만, 또 부드럽게 잡으며 마지못해 말을 뱉는다. 하지만 내가 원하는 대답과는 조금 거리가 있다. 갑자기 느껴지는 답답한 감정과 함께 밀려오는 짜증. 시간도 꽤 지났고 이원택이 방에서 나온다면 상황이 심하게 꼬인다.

"알아보지 말고 그냥 하라고. 다음은 없어요. 시간은 오늘부터 시작해서 3일 줄게요. 나는 여기서 기다릴 거고, 따님분들 뒤지든 말든 여기서 흐지부지 끝나면 이진수 절대로 못 잡아요. 알았어요?"

왜 3일이라고 말했는지 모르겠다. 3일 안에 최창길이 이진수를 집어넣을 수 있는지도 모르겠다. 하지만 확실한 건 3일 동안 이진수에게서 도망칠 자신은 있다.

"그래… 그래! 다 알았다. 그럼 3일 동안 어디 있게?"

최창길이 허탈함을 뱉는다.

그의 아내는 둘째 딸의 출산과 동시에 사망하였다. 그래서 그는 두 딸에게 엄청난 애정을 가지고 있다고 한다. 물론 뉴스나 언론에서 나온 거라 완전히 믿지는 않았지만, 그리 큰 애정은 없는 것 같다. 그러니 굳이 치사하게 딸의 목숨을 잡고 협박하지 않았어도 넘어왔을 거라는 생각이 든다.

"그건 제가 알아서 잘 숨어 있을게요. 그사이에 잡히면 저는 그냥 죽는 거니까 의원님은 좋은 거 아닌가요? 안 잡히면 이진수를 잡아넣은 거니까 더 좋은 거고."

내 말에 최창길은 이마를 주무르며 고개를 끄덕인다. 뭐, 사실상 내가 그의 머리를 잡고 고개를 끄덕이고 있는 것과 같다.

"알았어. 다 해줄게, 그러니까 잘해 보자."

최창길의 말이 갑자기 무섭게 들린다. 그에게 내 협박은 통하지 않았다. 그 뜻은 일이 잘 풀리지 않는다면 끝을 보는 건 나라는 말이다. 근데 일이 이상해지면 최창길에게 죽나 이진수에게 죽나 결과는 같다. 그러니 이상하게 마음이 안정된다.

나는 뒤를 돌아 걸음을 옮긴다. 인사나 작별의 손짓은 하지 않는다. 엘리베이터를 타야 하지만 그냥 계단으로 내려가 빠르게 사라진다.

복도에서 최창길과 진행한 대화는 아무 생각 없이 막 내뱉은 말이었다. 그가 딸을 가지고 있다는 정보는 인터넷에 검색하니 바로 나왔었고 죽일 생각은 없다. 죽인다고 별 타격도 없을 것 같다. 어쨌든 나는 지금 뒤가 없다. 이진수가 감시를 하던 뭘 하던 국회의원 사무실까지 찾아가 딸을 죽인다고 협박했는데, 뒤가 있을 리가 없다.

"시발… 그래."

몸에 힘이 축 빠지고 다리에 힘이 풀린다. 계단에 엉덩이를 붙이고 손바닥을 펼쳐 얼굴을 감싼다. 갑자기 뭔가 잘못된 선택을 한 것 같다는 엄청난 후회가 몰아닥친다.

'조금만 더, 며칠만 더 생각했더라면 좀 더 좋은 계획을 만들지 않았을까?'

나는 고개를 젓는다. 더 좋은 계획은커녕 집 밖에 나오지도 못했을 거다. 여기 건물에 들어오기 전, 진짜 모든 마음을 먹고 끝장 보기로 했었다. 최창길과 복도에서 딸을 죽일 거네 말 거네 할 때까지도 그 마음은 유지가 되었다. 하지만 갑자기 왜 이러는 걸까? 후회라는 감정과 함께 이진수의 칼날이 눈앞에 보이자 마음이 무너져 내린다.

"아니. 끝장을 봐야 한다."

그래, 맞다. 끝장을 봐야 한다. 이미 저질렀고 평생 이진수의 인형 노릇을 하다 죽을 수는 없다. 괜히 애매하게 일을 끝냈다가는 바뀌는 것은 없을 거다. 우선 그를 구치소에 가둬야 한다. 최창길이 못한다면 내가 직접 가서 자수할 거다. 증거야 얼마든지 만들수 있고 필요하다면 사람도 죽일 수 있다.

"아니… 시발. 감옥에 가기 싫어…"

얼굴을 감싼 손바닥으로 얼굴 전체를 때린다. 점점 강하고 빠르게 때린다. 얼굴에 바늘로 찌르는 듯한 통증이 느껴진다. 숨은 거칠어지고 머리가 깨질 것 같다. 이 모든 것을 다시 되돌리고 싶다. 공장 다니던 그때로 말이다.

이진수를 구치소에 가둔다고 해도 뭘 어떡하지? 아니면 그냥 죽여버릴까? 내가 죽일 것을 알고 뭔가 대비를 했다고?

"지랄하지 마!"

말은 저렇게 해도 지금 와서는 충분히 가능할 거다. 내가 어떻게 사람을 죽이는지 얼추 알고 있기 때문이다. 아니면 그냥 걸리더라도 죽일까? 그리고 경찰에 자수한다면 그게 더 안전할 수 있다. 그럼 몇 년을 감옥에 가지? 시발… 돈은 또 어떻게 하냐.

"시발. 시발. 시발."

엄청난 계획이나 번쩍이는 아이디어는 생각나지 않고 입 밖으로 나오는 것은 쓰잘데기없는 욕뿐이다. 마음은 단단히 먹었었다. 모든 걸 포기하면서 이진수를 끌어 내릴 생각이었다. 물론 그 선택에 대해 후회는 하지 않는다. 그러니 한심한 마음가짐과 멍청해 빠진 머리를 탓하기 시작한다. 그리고 그 생각에 꼬리를 물고 오는 생각은 또 쓰잘데기없는 욕뿐.

"그래!"

나의 우렁찬 목소리가 계단을 타고 길게 위로 올라간다.

나는 후회하지 않는다. 모든 것을 포기할 각오는 했다. 그가 내 가족을 모두 죽이든 돈을 모두 빼앗든 괜찮다. 감옥에서 평생 썩어 죽든 말이다! 나도… 나도 모든 것을 빼앗을 거다. 그는 나보다 잃을 것이 더 많다. 쌓아 온 것이 너무 높다. 그리고 나는 잃을 게 없다. 솔직히 있지만, 잃어도 괜찮… 다?

나는 빰을 치기 시작한다. 앉아 있는 계단에서 뛰어오르듯 강하게 일어나 허공에 주먹질도 한다. 그리고 계단 난간을 잡고 고개를 숙인다. 난간을 잡고 있는 손에는 점점 힘이 들어찬다.

"그러니까 내가 이긴다. 이 개새끼야."

3 · 명분

박종혁과 최창길이 만나고 2일이 지난 후 이진수는 붙잡혔다. 혐의는 횡령. 뇌물과 살인은 아직 조사 중이다. 이진수는 충분히 빠져나갈 구멍을 알고 있었다. 정확히는 이진수가 힘을 써 영장을 발부해 스스로 구치소에 들어갔다. 횡령 사실은 언론을 통해 인정했고 살인과 뇌물에 대해서 모른다고 말했다.

　최성진이 회색 플라스틱 의자 위, 얇게 덮인 먼지를 털어내고 앉는다. 장소는 구치소 휴게실, 면회로 왔으나 별다른 장애물 없이 단둘이 만날 수 있는 휴게실로 안내받은 이유는 최성진의 국회 배지 하나면 설명이 가능할 것이다. 최성진과 이진수의 친분, 정확히 그들의 상하 관계는 아직 잘 알려지지 않았다. 그나마 정치권 중에서도 위에서 모든 것을 듣고 보는 사람들이나 이진수와 최성진이 서로 뭔가 있다고 알고 있을 뿐이다. 이 둘에 관계가 알려지는 것은 시간문제였지만, 사람들은 최성진에게 관심이 없었다.

홀로 지루하게 앉아 있는 최성진이 핸드폰을 꺼내 시간을 확인하고 테이블 위에 올려놓자 죄수복을 입은 이진수가 교도관과 함께 휴게실에 들어와 의자에 앉는다. 그는 피곤한 듯 목을 천천히 돌리며 자신의 손목을 옥죄는 수갑을 들어 교도관에게 보여준다.

"죄송하지만, 이것 좀 풀어 주세요."

그의 말을 들은 교도관의 눈이 커지며 당황한 기색을 보인다. 그리고 건너편에 앉아 있는 최성진에게 도와달라는 듯 눈빛을 보낸다. 얇은 테의 안경, 이제 주름이 조금씩 자리 잡기 시작한 잘생긴 얼굴과 깔끔한 양복, 번쩍이는 금색 무궁화 배지. 최성진은 교도관과 눈이 마주치자 수갑을 풀라는 턱짓을 보낸다. 교도관은 어정쩡한 자세로 잠시 서 있다가 그들의 힘을 이기지 못하고 결국 이진수의 수갑을 풀어 준다. 그는 자신이 직접 수갑을 풀어 주고 있지만, 강제로 조종당하는 듯 몸이 불편해 보인다.

"이제 잠시 나가주세요. 조금 진지한 이야기라서 누가 옆에 있으면 불편하네요."

이진수는 정중한 말과 함께 씽긋 웃으며 당연하게 나가라는 눈빛을 보낸다. 교도관은 어쩔 줄 몰라 하는 표정과 함께 망가진 고양이처럼 어정쩡한 몸짓을 보여주지만, 곧 누군가에게 잡혀 끌려나가듯 휴게실을 나간다.

"그래서 밖에 분위기는 어때요?"

이진수가 한껏 자유로워진 팔로 팔짱을 끼며 최성진에게 질문을 건넨다.

"예상하신 그대로죠. 진수 씨가 대놓고 횡령했다, 성실히 조사하겠다고 했으니 사건을 묻기에는 늦었죠. 그리고 아직 살인 관련해서는 그냥 지라시에 가깝잖아요? 근데 뉴스에 올랐고 특히 뇌물 때문에 꼬리를 자를지 고민 중이죠. 이게 제가 들어보니 익명 제보에 증거물은 아직 없는 데다 제보자가 시체 위치만 알고 있다고 말하고 감감무소식이라네요. 뇌물은 그냥 횡령이랑 같이 말한 것 같고 지금 당장 뉴스에는 떴으니 흐지부지 넘어가지는 못할 거 같아요."

최성진의 말에 이진수는 미소를 지으며 고개를 끄덕인다. 지금 그의 목이 단두대 앞에 놓여 있는 상황과 같지만, 얼굴에서 미소가 나오는 이유는 전부 모든 것이 그의 계획대로 흘러가고 있기 때문이다. 횡령으로 잡혀 들어올지는 몰랐지만, 무엇이든 경찰 조사를 받으며 구치소에 있는 것이 중요했다.

"지금 중요한 것은 판이 크게 깔렸다는 거죠. 성진 씨가 말한 대로 흐지부지 넘어갈 사안이 아니다 이 말씀입니다. 제가 사람을 죽였고 뇌물을 주고 횡령을 했든 중요한 건 누구 하나가 끝이 나야 끝나겠죠."

"그렇죠. 진수 씨가 말한 그대로죠."

이진수의 말에 최성진은 대답하고 손으로 입을 가리며 조용히 말을 이어간다.

"근데 이게 그때 말씀했듯이 판을 깐 사람이 가장 중요하잖아요. 영장은 저희가 놓았다고 해도 익명 제보에 확실한 증거도 없는데, 압수수색이 들어온다? 이게 그냥 인물은 아닌 것 같은데요?"

이진수는 그의 말에 고개를 끄덕이지만, 당장 대답은 하지 않는다. 지금의 상황은 모두 계획 속에 있었다. 플랜 A는 아니어도 플랜 B, C 정도의 계획이었다. 하지만 이렇게 갑자기 극단적으로 다가올 줄은 예상하지 못했다. 하나 갑자기 찾아올 줄 몰랐다는 이야기지 지금의 상황은 모두 준비가 되어있었다.

"설마 저희 쪽 당 사람은 아닐 것 같고, 작은 당에 있는 놈들은 아니겠죠. 그렇다고 어디 드라마에서나 나오는 영웅 검사나 정의로 뭉친 기자나 변호사들도 당연히 아닐 거고, 그럼 여당 사람인데, 굳이 이런 더러운 똥물 싸움을 하고 싶은 사람이 있을까요? 아니, 다른 건 몰라도 뇌물은 굳이 집을 필요가 없는데."

최성진이 말한다.

그도 이진수가 어떤 사람과 같이 살인을 저지르고 다니는 것을 알고 있다. 그렇게 이진수의 더러운 범죄 행각을 알고 있는 사람은 최성진, 김태웅, 박종혁. 그렇게 세 명. 그들을 올려두고 각자의 상황을 따라가다 보면 익명의 제보자는 굳이 끝까지 찾아가지 않아도 알 수 있었다. 하지만 그를 도와준 누군가를 찾아야 한다. 미끼를 문 바보 같은 물고기를 말이다.

"누굴까요? 박석? 원지수?"

이진수는 가볍게 말을 뱉고 최성진은 그 이름들은 아니라는 듯 고개를 젓는다. 그 둘은 막강한 힘을 가지고 있지만, 잃을 것이 너무 많으며 뒤도 구린 사람들이다. 굳이 남을 들쑤실 이유가 없다.

"이원종? 박윤정?"

최성진은 더욱 강하게 고개를 젓는다. 그 둘은 각각 장관들이다. 근데 익명의 제보자가 이 둘에게 갈 이유가 없고 위의 인물들과 같이 뒤가 심하게 구린 사람들이다. 그리고 이진수에게 이미 포섭이 된 사람들이었다.

"오정민?"

최성진도 눈을 감고 깊은 생각 속에서 이름 하나를 뱉는다.

"아니요."

이진수가 말과 함께 고개를 젓는다.

오정민은 이원택과 같은 급의 사람이지만, 이진수에게 약점이 잡힌 인물이다. 그 약점이 보통이 아니기에 이진수의 허락 없이는 움직일 수도 없을 정도다.

"최창길? 이원택? 고병진?"

최성진이 세 사람의 이름을 말하자 이진수의 눈이 번쩍 뜨이며 그와 눈을 마주 본다. 그리고 최성진의 얼굴에 미소가 보인다. 이진수도 그에 답하듯 같이 미소를 보인다.

"고병진은 빼죠."

이진수가 말한다.

사실 그는 정확한 답을 알고 있다. 이미 박종혁이 이렇게 움직일 거라는 것 자체가 이진수의 계획이었고, 그는 듣는 귀와 보는 눈이 사방에 깔려있었다. 사람들의 성격과 성향 그리고 정황 등 여러 복잡한 정보를 종합해보았을 때 남는 사람은 최창길뿐이었다. 하지만 여기서 이진수가 미소를 보인 이유는 최성진이 직접 상황을 읽어 정답을 스스로 말했기 때문이다.

"최창길 아니면 이원택, 둘 중 하나입니다."

"근데 이원택은 그럴 사람이 아니죠. 총리 끝나고 숨어 살고 있고 그 똑똑한 양반이 큰 폭탄을 껴안을 것 같지도 않고. 그렇죠?"

최성진의 말에 이진수는 고개를 끄덕이며 목을 한 바퀴 돌린다. 익명의 제보자는 생각할 필요도 없고 그 뒤에 있는 거대한 배후도 누구인지 나왔으니 명확한 타깃이 정해졌다.

"이 판을 깐 사람은 최창길. 제보자는 신경 쓰지 맙시다. 그럼 어떻게 해야 하는지 기억은 하시죠?"

이진수가 말한다.

"당연하죠. 물건 다 잘 가지고 있고 이제 바로 진행할 준비만 하면 됩니다. 친구들에게 연락 바로 돌립니까?"

"예, 바로 시작할 수 있게 준비하라고 연락해주시고 나머지는 제가 다시 말씀드릴게요. 그리고 마지막으로 사람 하나 여기로 불러주세요."

최성진은 말없이 양쪽 눈썹을 올리며 말을 이어 하라는 뜻을 보낸다.

"성수동에… 아니다, 아니다. 잘 받아 적으세요. 010-38NV-1OSS, 이름은 박종혁이고 제가 부른다고 여기로 오라고 해주세요."

"만약 안 온다고 하면요?"

최성진이 핸드폰에 이진수가 말한 전화번호와 이름을 적으며 질문한다.

"오늘이 며칠이죠?"

"23일이요."

최성진이 핸드폰 화면에 떠 있는 날짜를 확인하고 대답한다.

"오늘 전화해서 27일까지 오라고 해요. 그리고 그냥 끊어요. 그 친구가 똑똑한데, 겁이 많은 친구라서 말 길게 해서 좋을 게 없어요. 전화 자체를 안 받으면 제가 보고 싶다고 문자 한 통 남겨주세요."

"아무 말도 없이요? 그냥 할 말 만하고 바로 끊는 건가요?"

그의 질문에 이진수는 하품하며 고개를 끄덕인다. 최성진은 깔끔한 대답을 듣기 위해 질문을 하고 싶은 표정이다. 하지만 더 이상 말을 아끼도록 한다. 그는 이진수를 믿고 그에게는 항상 완벽한 계획이 있었기 때문이다. 굳이 자신이 알고 있지 않아도 모든 것은 잘 흘러갔다. 그리고 지금도 그럴 것이다. 가장 중요한 것은 최성진도 자세한 계획은 모른다.

최성진은 이진수와 면회를 끝내고 구치소에서 나온다. 그리고 자신의 차로 들어가 빠르게 구치소를 뜬다. 한동안 목적지 없이 빙빙 돌다 주차 자리가 남은 도롯가에 차를 세우고 깊은숨을 내쉰다.

그는 이진수를 전적으로 믿는다. 어쩌면 또 다른 아버지처럼 좀 더 과장해 말하자면 종교적 인물처럼 거의 찬양에 가깝게 말이다. 이진수의 계획은 마치 예언 같았는데, 모두 적중했다. 이미 반년 전부터 자신이 잡혀들어갈 수 있다며 그 상황에 대비한 계획을 말해주었고 현재 정말로 그는 잡혀 들어갔다. 이진수가 스스로 들어가긴 했지만, 그 배후에 최창길이라는 거물이 있으니 그에게 불안감이 생길 수밖에 없었다. 이진수는 진짜 전지전능한 신이 아니다. 그러니 '혹시?'라는 의구심이 조금 들고 있었다.

나쁜 생각이 최성진을 갉아 먹으려 몸을 덮지만, 그를 갉아 먹지 못한다. 그 이유는 간단하다. 최성진은 스스로 주체적인 삶을 살지 못한다. 스스로 생각하고 움직이지 못하는 기계 같은 사람이기에 자신의 생각을 믿지 못하고 날려버린다.

그는 한심한 자신을 뒤로하고 이진수가 말한 번호로 전화를 걸어본다. 길어지는 통화음 속 상대는 전화 받을 생각을 하지 않는다. 전화를 끊고 다시 걸어봐도 똑같이 받지 않는다. 결국 이진수가 만나고 싶다는 문자 한 통 남기고 차를 몰아 자리를 떠난다.

4 · 역류

나는 또 어딘가 깊고 깊은 화장실, 죽어버린 벼룩같이 몸을 웅크리며 자고 있었다. 잠에서 나온 지는 20분에서 23분 사이. 언제부터인지 시계를 보지 않아도 내 맥박을 통해 시간을 잴 수 있었다. 이제 거의 반 초능력자가 되어가고 있다.

위치는 최창길의 사무실이 있는 건물 화장실. 머릿속은 텅텅 비어있다. 지금 누군가 내 머리를 친다면 청아한 종소리가 날 거다. 몸을 숨길 곳은 이 불결한 화장실 말고도 수없이 많았다. 하지만 몇 년 전부터 화장실에 있으면 마음이 편해졌다. 동남아에서 한국으로 돌아오고 난 후 사람을 죽일 때면 항상 집 안 화장실에서 잠을 잤다.

갑자기 걸려 오는 전화에 깜짝 놀라 몸을 떤다. 핸드폰 설정은 무음으로 되어있지만, 알 수 없는 진동을 느꼈고 핸드폰을 들어 화면을 확인해 본다. 환한 화면에는 '엄마'라는 수수한 단어가 바보처럼 떠 있다. 처음으로 건조한 숫자가 아닌 누군가의 호칭으로 전화가 걸려 왔다. 존재하지 않는 가상의 진동에서 느껴지는 암울한 공포, 떨리는 심장, 극한의 후회, 익숙한 굶주림, 따가운 피부.

"여보세요?"

목소리가 조금 떨린다.

"아들, 잘 지내지?"

오랜만에 들어보는 엄마의 목소리.

"어."

항상 똑같은 인사말 그리고 항상 똑같은 딱딱한 대답. 걱정과 달리 별문제는 없어 보인다. 아니, 제발 그러기를 바란다.

"그, 친구 중에 진수라는 사람 있어? 이진수."

"어?"

"아니, 이진수라고 말하면 알 거라는데? 너 그 친구한테 돈 빌렸니?"

누군가 커다란 망치로 내 머리를 내려친 듯 정신이 아득히 흔들리며 말문이 막힌다. 부모님을 잡고 협박할 거라 예상은 했지만, 너무 갑작스럽다. 그리고 막상 현실로 다가오니 생각처럼 침착해지지 않는다. 잡히지 않는 이성에 떨리는 손과 미친 듯이 뛰기 시작하는 심장.

'그래, 이제 때가 된 거다. 하자.'

"그… 맞아. 돈 빌린 거 맞아! 내가 그때 보내준 돈 그거… 옛날에 그거!"

숨이 벅차올라 말이 중간중간 막힌다. 그리고 나답지 않게 이상한 거짓말까지 한다. 마음가짐과 달리 구역질이 나올 정도로 앞이 핑핑 돈다. 엄마, 아빠가 전부 죽을 거라 각오는 했다. 하지만 말했듯이 막상 눈앞에 닥치니 그게 말처럼 되지 않는다.

"아들, 친구가 전화를 안 받아서 온 거라고 직접 만나재. 아니면 바꿔줄까?"

"어! 그래, 그래. 바꿔줘 봐. 내가 이야기할게."

내 대답의 끝으로 둔탁한 소리와 함께 여러 작은 말소리가 핸드폰 안에서 들려온다. 잘 들리지 않는 말소리가 내 불안감을 따갑게 긁는다.

이진수? 그가 직접 찾아왔을 리가 없다. 아무리 무시무시한 사람이라고 해도 구치소를 뚫고 나왔다고? 뭔, 미국 슈퍼히어로 영화도 아니고 절대 불가능한 일이다. 그럼 그 조선족들? 대천? 김태웅? 그래! 그 조선족 짱개 새끼들 뿐이다.

"어이~ 박종혁이~"

낯익은 목소리 하지만 얼굴과 매치되지 않는 것 보니 직접 만나 본 사람은 아니다. 말투는 최대한 서울말처럼 뱉었지만, 조선족의 어투가 미미하게 묻어있다.

"어. 왜?"

온몸이 떨리며 미리는 어지럽고 아프다. 숨은 가쁘게 몰아 나오고 초점은 잡히지 않아 모든 게 흐릿하다. 그러나 반대로 정신줄은 더욱 강하게 잡혀 튼튼해진다. 이제 겉돌던 각오가 두 손에 잡힌다.

"내 이진수인데, 만나자. 전화는 왜 안 받아?"

저 말은 이진수가 자신에게 찾아오라는 뜻. 그리고 지금까지 걸려 왔던 전화도 전부 이진수의 전화. 물론 알고 있던 사실이기에 받지는 않았다. 아니, 받아야 했다. 결과는 돌고 돌아 똑같았으니. 진짜 솔직하게 말하자면 단지 무서워서 받지 못했다.

"어디서 보자고. 위치는 말해줘야지."

투박한 호흡과 함께 딱딱한 말을 뱉는다.

"알잖아. 내가 있는 곳."

"어, 그래. 간다."

이번에는 내가 전화를 끊는다. 미칠듯한 공포와 분노. 상상 속에서 좆 같은 조선족과 단둘이 있는 엄마가 보인다. 하지만 이진수가 시킨 일이라면, 이진수라면 그는 지금 우리 엄마를 건드리지 않을 거다. 나를 겁주기 위해 전화를 건 거다.

'그래, 겁먹지 말자.'

여기까지 다 생각한 상황이다. 그 미친놈이 이렇게 쉽게 끝나지 않을 것도 알고 있었고 치졸하고 야비한 방법으로 덤빌 것도 알고 있었다. 그러니… 그러니 겁먹지 말자. 엄마, 아빠 그리고 할머니나 모든 가족이 드럼통에 들어갈 각오를 하고 이진수에게 덤볐다.

"할 수 있을까?"

나는 고개를 흔든다.

"할 수 있다."

계속 고개를 흔든다.

"해야 한다."

고개가 서서히 멈춘다.

"해야 할까?"

멈춘 고개는 바닥으로 내려간다.

그렇게 전화 후, 바로 화장실을 나와 지금 나는 회색 플라스틱 의자 위에 앉아 있다. 이곳은 구치소의 휴게실, 어디서나 흔히 보이는 목조 책상 앞에 비어있는 의자가 보인다. 방은 열 평 남짓, 여러 가지 물건들이 있었던 것으로 보이나 전부 치웠다. 그것도 최근에 말이다. 이제 무엇이든 순간 눈에 보이면 별의별 게 머릿속으로 입력된다.

"후…"

별 쓰잘데기없는 생각은 빠르게 집어치우고 흘러나오는 숨과 함께 머리를 차갑게 만든다. 그리고 다시 한번 각오를 다진다. 저번에 다진 각오가 단순 전화 한 통으로 물처럼 흘러내렸다. 그러나 지금만큼은 절대로 그러면 안 된다. 곧 이진수가 이곳으로 들어와 내 앞에 앉을 거다. 긴장은 되지 않는다. 여기로 오는 20분도 안 되는 짧은 시간 동안 수천수만 번의 시뮬레이션을 돌려보았다. 무슨 질문을 하더라도 다 받아 낼 수 있…을까?

"아니."

옛날, 한 2년 전에 저런 질문을 내게 했다면 당연히 할 수 있다고 당당하게 말했을 거다. 하지만 나를 너무 믿은 탓에 인생은 나락보다 아래인 지옥으로 떨어졌고 지금도 그곳을 탈출하지 못한 상태다. 그러니 나에 대한 믿음은 사라진 지 오래였다. 나를 믿지 않으니 많은 게 보이고 많은 게 들리며 또한 그것들을 받아들이게 되었다.

이번 계획은 완벽하지 않다. 완벽이라는 것은 절대로 있을 수 없다. 내가 그동안 신신당부하며 말했던 완벽한 살인도 사실은 완벽하지 않았다. 그런 생각을 하니 뭔가 마음이 편해지고 좀 더 상황이 잘 풀렸던 것 같다. 실수가 있어도 괜찮다는 편안한 마음, 이게 반대로 실수를 없게 만들었다.

"음~"

갑자기 마음이 편하다. 이진수가 무섭지 않다. 나는 완벽하지 않고 완벽한 계획도 없다. 완벽이라는 것은 절대로 있을 수도, 할 수도 없다. 그렇다면 이진수도 완벽하지 않다는 이야기다. 완벽하고 실패 없는 계획? 그딴 게 있을 리가 없다. 그도 지금 상황이 불안할 거다. 아니, 겁이 나고 두려움에 벌벌 떨고 있을 거다. 그도 사람이니까. 나를 분명 약하고 겁많은 어린 양처럼 생각했을 거고 실제로 그랬다. 하지만 그게 오히려 방심을 불러들였고 나는 그 방심을 화살로 만들어 그의 가슴에 꽂아버렸다.

"후…"

긴장하니 혼잣말이 많아진다. 그래! 솔직히 긴장되고 이진수가 무섭다. 엄마 집에 조선족이 찾아가 전화를 건 순간을 다시 생각하면 아직도 손이 벌벌 떨린다. 가족이 걸리고 내 목숨이 걸렸는데, 당연한 증세다. 그러니 이진수도 똑같이 느낄 거다. 나도 그의 모든 것을 빼앗아 가야 한다.

차분하게 숨을 고르며 깊지만, 얕은 생각에 빠져 있으니 곧 휴게실의 문이 열린다. 그리고 보이는 죄수복을 입은 이진수, 머리는 정리하지 못했고 막 전역한 군인처럼 투박하다. 그가 나를 마주 보며 앉고 아무 말 없이 수갑을 찬 손을 들어 올린다. 그리고 자연스럽게 교도관은 그의 수갑을 풀어 주고 방을 나간다. 교도관이 죄수의 수갑을 풀어 주는 지금 이 상황이 올바른 상황인지는 모르겠다. 뭐, 중요하지 않다. 중요한 것은 이진수가 바로 앞에 있다는 것이다.

"종혁 씨, 반가워요. 이렇게 얼굴 마주 보며 이야기하는 게 오랜

만인 것 같아요. 그렇죠?"

이진수가 능청스러운 말투로 눈웃음을 지으며 말한다. 딱히 그의 감정은 읽고 싶지 않지만, 잘 읽히지도 않는 인간이다. 그리고 그와 눈을 마주치면 다른 사람들과 달리 오묘한 느낌이 드는데, 나중에 알고 보니 그는 나보다 사람의 생각을 더 잘 읽을 수 있었다.

"예, 오랜만이네요. 옛날에는 자주 봤던 것 같은데, 검사님이 사람을 데리고 오면 제가 창고에서 죽일 때 말이에요."

나도 히죽히죽 웃으며 그를 낮게 보는 눈빛을 보낸다. 최대한 내 정신을 착각에 빠트려 지금 이진수가 철창 우리 안에 갇힌 원숭이처럼 보이게 하고 있다. 그게 아니면 도저히 그와 정면으로 싸울 수 없을 것 같다.

"왜 이런 선택을 하신 거예요? 아무리 생각해도 종혁 씨에게는 손해뿐인 일인데? 저는 종혁 씨가 똑똑하다고 생각해서 이런 바보 버러지 같은 짓은 하지 않을 거라고 생각했거든요. 지금이 어떤 상황인지는 알고 계세요?"

이진수가 나에게 말한다.

방금 말에서 '바보 버러지'라는 단어는 자신의 분노를 겨우 억제하여 강하게 뱉었다. 그렇다는 것은 그가 지금 분노에 휩싸여 있다는 뜻. 예상 밖으로 쉽게 일이 진행될 것 같다. 감정적으로 흔들어보자.

"알아요. 근데… 뭐랄까? 다 포기했다고 해야 하나요? 시발! 나한테 남은 게 없다고요. 당신의 꼭두각시 인형처럼 살아야 하는 이유를 모르겠어요. 좆 같잖아요? 그러니까 나 혼자 안 죽는다고요. 잃을 게 없는 사람이 가장 무서운 거 알죠? 저 혼자 안 죽을 거예요. 정치권 사람들이 당신 벼르고 있어요."

이진수를 감정적으로 흔든다는 계획이었는데, 오히려 내 감정이 흔들려 버려 말을 정리하지 못하고 막무가내로 뱉어 버렸다. 그리고 이진수의 비웃음이 들려온다. 그 비웃음은 점점 커지다 눈물이 쏙 빠질 정도에 박장대소까지 간다. 한동안 웃던 이진수는 눈가에 맺힌 눈물을 쓱 닦는다. 아까 분노처럼 느껴졌던 그의 감정은 거짓이었다.

"종혁 씨가 갑자기 왜 죽어요? 그리고 뭔 정치를 알아요? 정치는커녕 그쪽 주변 일 보기는 했어요? 어디서 뉴스 좀 보고 그쪽 사람들이랑 이야기 몇 마디 나누어 봤다고 뭐 좀 아는 거 같아요?"

이진수는 한심하다는 듯 고개를 흔든다. 내가 말을 하려 입을 벌리자 그는 검지를 치켜세워 내 말을 막는다. 그의 표정은 웃음기 하나 없는 건조한 표정. 그의 자그마한 속마음도 읽히지 않는다.

"방금 제 말은 종혁 씨가 바보 같다고 무시하는 말이 아니에요. 정확히 말하자면 종혁 씨는 정치에 대해서 아는 게 아무것도 없다. 그러니까 시발 지금! 이용당하고 있다는 말이에요!! 아까 제가 한 말을 하나로 합쳐서 다시 이야기해 볼게요. 종혁 씨가 왜 이런 짓을 벌였는지 모르겠어요. 제기 종혁 씨를 못살게 했던 것도 맞아요. 그래서 복수심에 그럴 수도 있다고 생각합니다."

이진수는 잠시 말을 멈추고 내 눈을 바라본다. 나도 그의 눈을 바라본다. 모든 것을 꿰뚫어 보는 눈. 그는 지금 내 생각을 훤히 보고 있다.

"근데 이게 종혁 씨의 복수심으로만 될 수 있는 일이 아니에요. 누군가의 힘을 빌렸다는 말씀을 드리고 있는 겁니다. 재미없는 부연 설명은 이제 그만할게요. 어차피 저나 종혁 씨나 다 알고 있는 거니까, 단도직입적으로 누가 시켰어요. 아니, 그건 말이 안 되죠. 누가 도와줬어요?"

그래, 어차피 이진수가 다 알고 있을 거라고 예상했다. 처음부터 이런 상황을 생각하고 이 더러운 판을 만든 것이다. 그가 모든 걸 알고 있다고 생각하며 싸워야 한다. 그러니 그의 페이스에 넘어가면 안 된다. 귀를 꽉 닫고 내가 하고 싶은 말만 하며 그를 흩트려야 한다. 그가 맑은 물에서 나를 보고 있다면 나는 그 물을 흐려 그의 눈을 가려야 한다는 말이다.

"검사님? 아니면 진수 씨? 이제 검사는 아니니까 진수 씨라고 부를게요. 저는 당신의 모든 것을 빼앗을 거예요. 제가 당한 것 보다 두 배, 세 배는 더 악랄하게 가져갈 거라고요. 제가 완벽하게 사람을 죽이는 거? 저번에 당신이 말했죠, 진짜 경찰이 작정하고 털면 뭐 하나는 나올 거라고요. 그 말이 맞아요. 근데 어차피 감옥 갈 각오는 되어있으니까, 누가 방해하면 다 죽여버릴 거예요. 밖에 있는 조선족들에게 말해서 저 잡으라고 해봐요. 백날 찾아도 잡히기는커녕 내 모습 찾지도 못하고 모두 땅속에 묻혀요. 그리고 경찰이 나 잡으면 그때 당신도 지금처럼 웃을 수 있을 거 같아?"

내가 하고 싶은 말과 쓸데없는 말을 섞어 말의 크기를 부풀린다. 그리고 눈에 뾰족한 불을 붙여 그를 겨눈다. 하지만 시선은 조금 올려 그의 미간을 바라본다. 눈을 마주 보면 안 된다.

"제가 그나마 팁 아닌 팁 좀 드릴게요. 우선 상대에게 겁을 제대로 주려면 그 상대에 대한 공부를 완벽하게 하고 왔어야죠. 상대의 진정한 약점은 뭔가? 또 상대는 약점에 대해 어떤 대비책을 준비했는가? 그런 거요. 아니, 사람만 죽일 줄 알지 다른 거는 젬병이네요?"

이미 그가 내 눈을 바라본 순간부터 모든 걸 알았을까? 이진수는 내 마음을 모두 읽은 듯 이야기한다. 그리고 그의 말은 전부 사실이다. 나는 그의 약점을 아예 모른다. 공부는커녕 뭐 어떻게 알아낼 방법이 없었다. 워낙 깔끔하고 완벽한 일 처리를 하는 사람이니 어떻게 알 수 있겠는가? 다 생각했던 상황이다. 괜찮다. 시발.

"좆 같은 객기 부리지 마세요. 진수 씨도 제 생각 다 읽을 수 있죠? 저도 어느 정도 가능하거든요? 근데 그런 거 없이도 지금 당신 마음속에 있는 불안과 두려움이 여기까지 다 느껴져요. 아니, 내가 아무것도 없이 이런 일을 만들었을 것 같아요?"

다시 두려움을 진정시키려는 거짓말이 흘러나온다. 내가 겁을 먹은 만큼 거짓말을 막을 수가 없다.

"오~ 맞아요. 지금 저는 굉장히 불안하고 무서워요. 잃을 게 너~무 많거든요. 어떻게 여기까지 왔는데, 전부 사라지게 생겼잖아요? 그게 뭔 뜻인지 알아요? 그렇게 되면 저도 잃을 게 없는 사람이에요. 아는 건 존나게 많은데! 잃을 게 없다? 이게 가장 무서운 사람이거든요."

그는 완전히 굳은 석상 같은 표정으로 나를 바라본다. 방금 말은 나를 놀리는 것이다. 그는 전혀 겁먹고 있지 않다. 이진수는 다시 검지를 치켜세우고 말을 이어간다.

"종혁 씨를 도와준 사람들이 가장 무서워하는 게 불확실과 불안정 그리고 자신들의 더러운 비밀이 알려지는 거예요. 저는 여기서 시간을 계속 버틸 거예요. 갑자기 명확한 증거도 없는데, 구속 기소가 들어오는 게 말이 안 되거든요. 이쪽에서 10년 정도 일했으니까 시간 질질 끌 자신 하나는 있어요. 그리고 그동안 제가 알고 있는 추악하고 더러운 정치권의 비밀을 조금씩 뿌릴 거예요. 그럼 언론들은 배고픈 물고기처럼 잔뜩 몰리겠죠. 그때 그 사람들이 이대로 저를 편안히 감옥에 가둘까요? 아니면 종혁 씨를 배신하고 사건을 조용히 묻을까요? 그리고 제가 여기서 나온다면 종혁 씨는 멀쩡히 지낼 수 있을까요?"

이진수는 말을 끝내며 내게 대답을 강요하듯 턱짓을 보낸다. 하지만 나는 아무런 대답도, 행동도 하지 않고 그를 바라본다. 무섭게 눈에 힘을 주지 않고 반쯤 풀린 눈으로 말이다. 내가 말하지 않은 대답은 이진수의 말과 똑같다.

"알아요. 제가 좆 될 거 다 알아요. 이미 각오를 했다니까요? 내 돈 전부 가져가고 엄마, 아빠 다 죽이고 돌아가신 할아버지 묘까지 전부 파내도 상관없어요. 지금까지 당신이 했던 일, 없던 일 전부 긁어모아서 다 뿌릴 거예요. 그것도 언론 사람들이 좋다고 달려들 걸? 그리고 당신 부모도 가족도 전부 죽일 거고 좆 같은 당신! 시발! 이진수 너!! 혼자 덩그러니 남아서 병신같은 나날만 보낼 거라고! 혼자 쓸쓸히 아무것도 없이… 시발놈아."

참으려고 했던 극한의 분노가 갑자기 끓어올라 터져 나온다. 내가 지금이 이성적이지 않다는 것을 보여주기식도 있고 이진수의 말을 듣자니 덜컥 겁이 났기에 크게 짖었던 것도 있다. 그의 말을 듣지 말고 미친 척! 미친 척을 해야 한다. 아니면 내 앞에 있는 악마와 싸울 수 없다.

"그렇게 해요. 저는 잃을 게 없다니까 그러네. 저도 종혁 씨 부모랑 가족 다 죽일 거예요. 생각은 안 했지만, 할아버님 묘도 파헤쳐 드릴게요. 당장 전화 한 통이면 바로 죽여줄 사람들이 있어요. 그리고 저도 평생 괴롭혀드릴게요."

이진수는 말끝에 잠시 고개를 숙이며 눈썹을 긁는다. 아직 그의 말은 끝나지 않았다. 이유는 모르겠지만, 말을 중간에 끊었다. 그러니 그의 말이 다시 시작될 때까지 기다린다. 눈썹을 긁던 이진수는 고개를 든다. 모든 게 빠져나간 어두운 사람의 얼굴. 이목구비가 안 보일 정도에 칠흑 같은 어둠으로 가려졌다.

"저는 왜 저희가 지금 이 책상 앞에 앉아 있는지 이해를 못 하겠어요. 종혁 씨의 상황은 이해가 가는데, 이리 화를 내고 서로 끝을 봐야 하는지 이해를 못 하겠다니까요? 제가 예상컨대 종혁 씨는 여기서 흐지부지 끝나면 자신이 죽을 거라 생각해서 그러는 거예요."

이진수는 턱짓과 함께 내게 대답을 넘긴다. 나는 대답하지 않는다. 이유는 아까와 같다. 그의 말과 내 대답이 똑같기 때문이다.

"종혁 씨, 지금 이 엎질러진 물을 담을 방법이 있어요. 그러니까 도와주겠다는 이야기예요."

내가 대답하지 않자 어둠이 나를 바라보며 말한다. 그리고 다시 나의 대답을 기다린다. 그의 말은 내 마음을 흔들려고 한 말. 이렇게 넘어갈 거였다면 시작도 하지 않았다. 아까 그가 말했듯이 흐지부지 끝나면 나는 죽는다.

"박종혁! 너 버림받을 거라고!! 어차피 나 여기서 아무 일도 없이 나올 거고 너만 좆 될 거라고! 내가 정이 깊은 사람이라 그런 꼬라지는 보기 싫고 나도 사실상 얻는 게… 하… 저에게 좋은 생각이 있어요. 대답하지 말고 입 꼭! 닫고 침착하게 생각해 봐요. 똑똑한 양반이 왜 갑자기 병신이 됐어!!"

이진수는 내게 소리를 지르며 주먹으로 책상을 내리친다. 하지만 눈으로 보이는 그의 감정은 요동치는 모습이 아니다. 뱉은 말은 진실, 얼굴은 아직까지 어둠이다.

"종혁 씨는 뭘 원하는 거예요? 이 답변에 한가지 도움을 주자면 저는 종혁 씨의 협박에 전혀 겁먹지 않았어요. 끝까지 가도 상관없고 아니어도 괜찮아요. 저랑 몇 년을 같이 일했는데, 제 스타일 아시잖아요. 거짓말 같지만, 지금 이 상황도 전부 계획에 있었어요. 그러니까 그냥 저는 가장 좋은 방향으로 가면 서로가 좋다고 말하는 겁니다."

미치려고 노력한 건 나인데, 진짜 미친놈은 이진수인지 어둠 속에서 진실 같은 감정을 왔다 갔다 바꾼다. 그리고 천천히 손을 펴 나를 정중하게 가리킨다. 이제 나에게 말을 하라는 신호다.

"그…"

나는 말을 멈춘다.

지금 큰 문제가 생겼다. 첫째 이진수가 모든 걸 잃어도 상관없다는 것. 뭐, 이것까지는 괜찮다. 나도 모든 걸 잃을 각오로 이렇게 판을 버린 것이니까. 이제 두 번째 문제가 가장 큰 난관인데, 이진수가 내 마음을 너무나 잘 알고 있고 나의 확고했던 마음이 조금 흔들리기 시작했다는 것이다. 아까 3분 전 절대 그에게 넘어가지 않을 거라고 말했지만… 시발! 솔직히 어떤 사람이 인생 끝까지 가고 싶어 하겠는가? 그리고 이진수의 말을 들어보니 최창길이 나를 버릴 것 같다. 하지만 지금 이렇게 저질러 놨는데, 이대로 흐지부지 끝내면 이진수가 나를 가만히 둘까?

'아니 절대로… 그래도 뭐, 계획이라도 들어볼까? 딱히 손해는 없을 거 같은데?'

악마의 유혹 같은 부드러운 말이 내 마음을 간지럽힌다.

아니, 계획이라도 들어보겠다는 말은 내 마음이 흔들리고 있다는 것을 알려주는 꼴이다. 그냥 계속 강하게 나가자. 굳건한 다짐. 그에게 넘어가면 안 된다. 한번 어둠 속으로 빨려 들어가면 다시는 빠져나오지 못한다.

"진수 씨도 저랑 같이 일했으니까 제 스타일 알잖아요? 좆 까요. 그냥 갈 데까지 갑시다."

내 말에 이진수는 엄지와 검지를 붙여 둥글게 말아 알겠다는 손동작을 보여준다.

"이제부터 저는 계속 똑같은 말만 반복해서 할 거예요. 듣다가

재미없으면 그대로 나가시면 됩니다. 자! 이제 시작하자면 지금 종혁 씨는 출처 모르는 현금 수십억 원을 가지고 있고 통장에도 비슷한 금액이 박혀있어요. 물론 현금은 세탁된 거지만, 또 조사 들어가면 모르죠. 종혁 씨 부모님도 같은 돈을 가지고 있고요. 사람을 죽인 거는 실제로 종혁 씨가 했고 증거는 저희도 만들 수 있어요. 종혁 씨는 안 건드릴 거에요. 조금씩 조금씩 갈아 먹으며 스스로 죽을 때까지 괴롭힐 거라고요. 제가 더러운 비밀을 하나씩 뱉으면 언론은 좋다고 물 거고 그럼 지금 종혁 씨 도와주던 사람들은 어느새 나 몰라라 꼬리를 자를 거고 저는 여기서 안전하게 몇 년은 버틸 거고 그러면 종혁 씨는 혼자서 쓸쓸히 죽어갈 거라고요. 자세히 말하니까 조금 감이 잡히나요?"

이진수는 말을 끝내고 붙어있는 손가락을 풀어 손짓을 보낸다. 하지만 나는 입을 꽉 다물었고 그는 다시 손가락을 붙이며 말을 이어간다.

"최근에 종혁 씨가 필요 없기는 했어요. 근데 종혁 씨를 계속 가두고 있었던 이유는 혹시 모르는 상황에 대비한 비밀 병기죠. 이제 종혁 씨가 해야 하는 일은 아예 없어요. 그러니까 이대로 조용히 지금 상황만 접으면 그냥 보내줄게요. 저희는 서로 몰랐던 사이로 가는 거죠. 믿지 않을 수도 있지만, 믿어주세요. 원래 없던 일로, 종혁 씨는 그냥 몇 년 이상한 곳에서 빡세게 일했던 걸로 치자고요.

가진 돈 들고 고향 가서 평생 먹고살아요. 다시 공장 가던가요. 종혁 씨의 뜻은 잘 알아들었어요. 그러니까 제가 미안해요."

말의 처음부터 마지막에 사과까지, 단 한 순간도 거짓으로 느껴지는 부분은 없었다. 그는 완벽한 진심만을 말했다. 중간중간 '사용'이라는 단어가 굉장히 거슬리게 들렸지만, 마지막 '제가 미안해요'라는 문장이 모든 것을 삼키고 나를 포근하게 감싸줬다.

"그럼 다시, 종혁 씨가 원하는 게 뭐예요? 자유 아니에요? 제가 계속 구속하고 감시하는 게 힘들고 또 이제 쓸모가 없어지면 언제 죽을지 몰라서, 그게 불안해서 그런 거였잖아요. 저의 꼭두각시 인형으로 살아서! 그게 좆 같아서!! 그리고 이제 죽을 거 같으니까 이 짓을 벌인 거잖아요. 그러니까 제가 놓아줄게요. 서로 평생 모르는 척하고 살자고요. 근데 이미 판을 크게 벌였으니까 혼자 접기는 어렵잖아요? 그래서 제가 다시 돌아갈 수 있게 도와줄게요."

나는 대답 없이 그의 눈을 바라본다. 강인했던 다짐은 있지만, 있었지만… 지금 그에게 홀리고 있다는 표현이 정확할 것이다. 그는 내 감정을 쥐고 주무르고 있다. 그렇다고 꽉 잡아 흔드냐? 그것도 아니다. 천천히 따뜻하게 쓰다듬으며 나를 품어주고 있다. 말을 잠시 끊었던 이진수가 내가 대답이 없자 말을 계속 이어간다.

"종혁 씨 자수하세요. 지금까지 모든 일이 종혁 씨를 도와준 사람이 시킨 거라고 자수하세요. 물론 종혁 씨도 감옥에 갈 거지만,

아니, 만약 협박으로 어쩔 수 없이 일을 해야 했던 상황이었다면 어쩌면 안 갈지도 몰라요."

다시 그는 손가락을 풀고 손짓을 보낸다. 나는 눈을 이리저리 굴리며 고민하다 생각이 어느 정도 정리되니 입이 자동으로 벌어진다.

'그래, 들어라도 보자.'

"그다음은요?"

내 말에 이진수의 표정은 아무런 변화가 없다. 계속된 어둠. 그는 다시 손가락을 붙이고 말을 뱉을 준비를 하고 있을 뿐이다. 내 예상은 그의 감정이 튀어나와 피식 웃는 얼굴 하지만 오히려 감정을 드러낸 것은 나였다.

"살인, 돈세탁, 시체유기 등등 저희가 저지른 나쁜 짓 모두 종혁 씨를 도와준 그 사람에게 뒤집어씌우자고요. 딱 봐도 사건이 그냥 큰일이 아니니까 윗사람들은 최대한 묻어가면서 빠르게 없애고 싶을 거예요. 종혁 씨를 도와준 사람이 평범한 사람이 아닐 건 뻔하니 무조건입니다. 그 사람이 뭔가 이상한 짓을 꾸민다. 그러면 제가 직접 개입할게요. 김필정처럼요. 그리고 일이 끝나면 저희는 처음부터 모르는 사람이었고 앞으로도 쭉~ 알았죠? 그럼 지금 가지고 있는 돈 가지고 행복하게 사세요. 그리고 여자 좀 만나고요."

이상한 농담으로 긴말을 끝낸 이진수는 개운한 한숨을 내쉬며 내게 박수를 보낸다. 얼굴에 있던 칠흑의 어둠은 사라지고 다시 사람의 얼굴이 보인다.

"하~ 제가 졌네요. 두손 두발 다 들었어요."

그의 말에는 거짓이 끼어있지 않다. 그리고 이해되지 않는 어려운 계획. 그러나 항상 그것보다 더 말도 안 되는 계획을 들어왔었고 이진수는 언제나 깔끔히 성공해왔었다. 옛날에는 믿음이 가지 않아 강제로 끌려갔다면 지금은 너무나 강한 믿음 때문에 내가 직접 들어가기 직전이다.

"종혁 씨를 도와준 사람? 사람들? 어쨌든 그 사람들 중에 착한 사람 한 명도 없어요. 다 종혁 씨 이용해 먹고 버릴 사람들이라고요. 솔직히 종혁 씨가 뭔데요? 그냥 평범한 일반인이잖아요. 그럼 100% 확률로 단물만 쪽 빨고 버릴 겁니다. 제가 종혁 씨에게 도움을 줄 수 있는 말을 드리자면 김필정 정도면 착한 사람이에요."

내 생각 중간중간 들어오는 이진수의 말이 갈팡질팡한 마음을 더욱 기울게 만들고 있다. 마음이 약해질 거라 예상은 했지만, 한 번 금이 간 마음을 붙잡는 게 이렇게 힘들지 몰랐다. 당장 내면의 나를 꺼내 찢어 죽여버리고 싶을 정도다.

'어쩌면 진짜 끝낼 수 있지 않을까?'

찢어발기고 싶은 내면의 내가 나에게 귓속말을 한다. 예전에도 비슷한 말을 했던 게 기억난다.

'그래, 그냥 끝내자.'

결국 돌고 돌아 그와 함께 일하게 되었고 과정이 어땠는지 기억도 나지 않지만, 지금 이진수와 나는 이렇게 마주 보고 있다. 그리고 진짜로 끝이 날 것 같은 느낌이 든다. 판이 너무 더럽고 거대해졌으니 모두가 감추고 싶어 할 거다. 그러니까, 그러니까… 이번에는 진짜로 끝날 수도 있다.

"그냥 제가 자수하면 되는 거예요?"

나는 반쯤 포기한 좌절과 함께 여린 눈으로 그를 바라보며 말한다. 원래 같았으면 이진수는 피식거리는 웃음과 함께 나를 아래로 깔보는 듯한 눈빛을 보내야 한다. 하지만 시간이 지날수록 그의 나쁜 감정은 더욱 차갑게 식어가고 나에게 동정? 아니, 연민? 아니다. 도움. 나에게 도움의 눈빛을 보내고 있다. 어둠이 사라진 그의 얼굴에는 따뜻한 빛이 보이기 시작했고 이제 모든 걸 끝내자는 보이지 않는 악수를 건네고 있다.

"맞아요. 그냥 당당하게 경찰서로 가서 자수하세요. 지금까지 종혁 씨가 겪었던 모든 일, 김필정부터 시작해서 지금까지의 모든 일이 종혁 씨를 도와준 그 사람이 시켰다고 말하면 돼요. 협박당했고 살인을 지시했고 이진수라는 자를 범인으로 만들게 했다. 그리고 이제 종혁 씨가 증거를 들고 이진수를 범인으로 만들어야 하는데, 이 일에 엄청난 죄책감을 느껴서 이진수라는 자를 찾아가 사과를 했다. 그리고 모든 게 잘못되었다는 걸 깨달아 자수를 하게 되었다. 증거물은? 지금 저와 악수하고 집에 가시면 전부 있을 겁니다. 그 외 나머지는 저희가 다 준비해 드리고요."

"만약 안 되면요? 제가 자수를 했는데, 뭐, 어디 위에서 막거나 그러면요. 충분히 그럴 수 있는 거 아니에요? 지금 당신도 하는 걸 그 사람은 못 하겠어요?"

내 질문에 이진수는 손가락을 튕기며 몸을 앞으로 기울인다. 이 질문을 기다리고 있던 것이었다.

"신고는 서초 경찰서에서 하시고 자수가 안 되면 청구일보, 김평원이라는 사람에게 연락해서 말해요. 김평원에게 말할 때는 일부분만? 종혁 씨를 도와준 사람이 살해 지시를 내렸다 이 정도만 하고 입을 다뭅시다. 물론 제 이름은 빼먹지 마시고요. 근데 서초 경찰서에 자수하면 다 알아서 될 겁니다. 아니다, 제가 변호사 한 명 붙여드릴게요."

나는 다시 입술을 꽉 물고 눈이 부시게 빛나는 그의 얼굴을 바라본다. 이미 마음은 기울다 못해 이진수 쪽으로 쓰러져 위에 시멘트까지 굳어 버린 상황이다. 나는 그를 무서워하고 싫어하지만, 그의 능력과 계획만큼은 절대적인 신뢰를 한다. 그와 한 번이라도 같이 일해본 사람은 전부 내 말에 동감할 것이다. 실패라는 옵션은 그에게 없다. 나는 아예 처음부터 그의 계획을 들었으면 안 됐다.

그냥 자리를 박차고 나갔어야 했다.

"후폭풍? 그 사람이 종혁 씨의 배신에 화가 나서 해코지를 한다? 불가능합니다. 저는 여기 갇혀있지만, 저와 같이 일하시는 분들은 밖에 있으니까요. 종혁 씨를 보이지 않게 케어해 줄 겁니다. 그리고 종혁 씨 숨어다니는 건 자신 있잖아요? 제가 다른 건 몰라도 그 능력 하나만큼은 인정합니다."

내게 가장 큰 걱정이 될뻔한 사안, 분노한 최창길의 복수. 그러나 이진수는 내 생각을 읽은 듯 그것에 대한 해답을 내놓았다. 믿을 만한 말은 아니지만, 나는 그를 절대적으로 믿는다.

"뭐, 다른 질문사항 있을까요? 원래 질문받는 것은 좋아하지 않지만, 지금 이 순간만큼은 꼬치꼬치 전부 캐물어 봐도 돼요. 작은 거 하나까지도 전부 세세하게 답변해 드리죠. 이번에는 상하 관계가 아니라 제가 도움을 청하는 거니까요."

그는 말과 함께 입꼬리를 올려 은은한 미소를 보여준다. 그리고 내 앞으로 건너오는 악수. 내가 이 악수를 받는다면 나는 지금까지 뭔 짓을 한 것일까? 아니, 그 짓을 했기에 지금 같은 결과가 만들어졌다. 원래 의도는 아니었지만, 이 결과는 내가 만든 것이다. 어쩌면 처음부터 내 앞에 앉아 있는 밝은 빛의 계획이었을 수도 있다.

'좋은 결과인가?'

그렇지, 좋은 결과다. 어쨌든 서로 좋게 해결됐잖아? 그냥 내가 잠시 감옥에 가고 모든 게 원래대로 돌아온다면 좋은 거지. 근데 뭔가 그렇다. 이상한 느낌. 내가 원하던 결과가 맞는 것 같은데… 아닌 것 같은 미묘한 기분. 생각이 꼬리를 물고 늘어지려고 할 때 이미 내 손은 이진수의 손과 만나 악수를 하고 있었다.

그 악수를 끝으로 나는 이진수와 약간의 이야기를 더해갔다. 그래봤자 이제 내가 해야 할 세세한 계획과 겁쟁이인 나의 불안감을 덜어주기 위한 위로 섞인 착한 말뿐이었다.

"자수 안 하셔도 돼요. 원래 하려던 계획 진행하셔서 그냥 서로 끝장 봐도 된다고요. 그럼 종혁 씨만 비참한 결말을 보게 돼요. 우리 좋게 좋게 갑시다."

저 말은 이미 넘어져 시멘트에 박힌 내 마음을 조롱하는 것처럼 들렸다. 그리고 이진수는 입을 다물었고 교도관을 불러 수갑과 함께 사라졌다. 나는 갑작스럽게 끝난 상황에 잠시 정신을 차리지 못했다. 정확히는 정신을 차리고 지금 내가 저지른 상황을 받아들인다면 또 끝없는 자책이 무서웠다.

한 시간이 조금 넘는 시간 동안 자살 기도에 가까운 자책을 한 뒤, 구치소를 나와 집으로 향하고 있다. 항상 그랬던 것처럼 택시에 타 집으로 간다. 그리고 집과 구치소의 중간 지점에 내려 이유 없이 걸어간다. 택시를 탔으면 끝까지 가지 왜 굳이 중간에 내리냐는 질문을 내게 날릴 수도 있지만, 모르겠다. 그냥 몸에 박힌 이상한 습관이다.

오랜만에 집에 도착했다. 밝게 켜진 현관 등 아래 처음 보는 종이 상자가 있다. 위에 먼지가 쌓여있고 손길의 흔적이 지워진 먼지를 통해 보인다. 손길을 통해 보이는 정보는 손 크기, 남성, 오른손잡이. 뭐… 상자는 나중에 확인하도록 하고 커다란 거실에 있는 작은 매트리스 위에 몸을 눕힌다. 더러운 화장실 얼룩이 묻어있는 옷을 입고 있지만, 당장은 신경 쓰지 않는다.

편하다. 그리웠다. 그리고 나는 또 좆 같은 상황에 빠져 살고 싶은 벌레마냥 허우적거리고 있다. 이번에는 내 손으로 직접 만든 가장 좆 같은 상황에 스스로 빠졌다. 아니면 내 손으로 만든 황금 같은 기회일 수도 있고.

두 팔을 머리 뒤로 접어 팔베개를 만든다. 그리고 집중을 끌어올려 생각으로 들어가 잠긴다.

고민.

고민의 고민.

그 고민의 꼬리를 물고 따라온 고민.

'모든 걸 잃고 이진수를 끝낸다면 내게 남는 게 뭐지? 만약 이진수와 한 악수를 시원하게 말아먹고 서로 끝을 본다면… 지금 있는 현금 좀 빼돌리고… 엄마, 아빠 다 죽는데? 그래도 돈만 있으면 살

만하지 않을까? 아니, 살 수는 있을까? 평생을 도망치면서 살 거면 그 많은 돈이 필요할까? 해외로 나가면 되려나? 아니, 몇 년을 도망쳐야지?'

"잠깐만, 진짜 이진수가 그런 짓을 할 수 있을까? 지금 구치소에서 감옥살이를 기다리고 있는데?"

그가 직접 입으로 당당하게 말했다. 할 수 있다고. 정치권 사람들은 꼬리 자르기를 좋아한다. 판이 커지면 빠르게 묻을 거다. 심지어 다들 이진수와 직접 관련되어 있으니 더 빠르게 묻을 거다. 정치에 정자도 몰라도 그 정도는 알 것 같다.

'그럼 갇혀 있는 이진수를 도와줄 사람이 있을까? 이진수라면… 있겠지? 하지만 끝날 위기인데, 그를 끝까지 도와줄 사람이 있다고? 다 나쁜 사람들이라며, 꼬리 자르기 좋아한다며, 이진수가 뭔데?'

생각은 점점 깊은 심연 속으로 빠져들지만, 오히려 밝아지며 뚜렷해지기 시작했다. 여러 개로 분산되었던 생각들이 각자의 길을 떠나 각자의 종착지에 도착하니 이상하게 한 곳으로 만났으며 그것들은 하나로 뭉쳐 종착지를 넘어 막힘없이 쭉 직진했다. 그렇게 하나로 뭉친 생각은 나에게 뚜렷한 답을 보여주었다. 오랜 시간이 지나고 나온 심연 속 밝은 생각의 답, 이진수는 지금 위험 속에 있지 않다. 그 답을 다르게 말한다면 내가 스스로 내 무덤을 정성껏

팠다는 말이다.

처음부터 모든 게 이진수의 계획이었다. 그럼 나에게 주어진 선택지는 단 두 개, 더욱 강하게 이진수를 몰아치며 서로 끝을 볼 건지 아니면 그의 말을 따르며 모든 걸 깔끔히 지울 건지. 사실 이 두 개의 선택지는 처음부터 내게 주어진 선택지였다. 그러나 기나긴 생각 속에서 내가 얻은 것은 명확하다. 모든 걸 깔끔히 지우고 나는 자유를 얻어야 한다. 자유는 몰라도 그냥 여기서 끝을 내야 한다. 다른 길은 없다.

해답을 찾은 나는 매트리스에서 몸을 일으킨다. 어느새 시간은 어두운 밤, 배 속에서 굶주림의 소리가 나고 있으나 당장 음식을 입에 넣고 싶다는 생각은 들지 않는다. 하지만 목은 마르니 배도 채울 겸 바닥에 세워져 있는 물병을 들어 마신다. 정확히 딱 두 모금 마시고 병에서 입을 땐 다음 숨을 깊게 들이마셔서 차분하게 내쉰다. 뚜껑을 닫은 물병은 바닥에 던진다. 그리고 눈에 들어온 먼지가 쌓인 종이 상자, 어디서든 쉽게 구할 수 있는 갈색 상자, 노란색 테이프 한 줄이 그 상자를 비밀스럽게 가리고 있다.

나는 현관 앞에 엉덩이를 붙여 앉고 상자를 살짝 들어본다. 어린아이도 쉽게 들 정도로 가볍긴 하나 안에 확실히 무언가 들어있다. 손톱으로 상자에 짝 달라붙은 테이프를 잘 긁어 틈을 만들고 확 때어 떼어버린다. 손에 달라붙은 테이프는 잘 뭉쳐 저 멀리 던지고 상자의 속을 가리던 날개를 열어 본다.

상자 안에는 검은색 폴더폰, 두 상의 종이, 머리카락과 부러진 손톱이 담긴 비닐 팩. 정신이 나가거나 멍하지는 않다. 그렇다고 집중이 되고 무언가 비상한 생각이 번쩍 들지도 않는다. 그냥 아무렇지도 않다. 그리고 손을 뻗어 폴더폰을 들고 열어 본다. 배터리 충전은 완벽하게 되어있고 그때 내가 쓰던 폴더폰이 맞다. 김필정이 나에게 살인 지시를 했던 폴더폰 말이다.

그 안에 문자 내용을 확인해 보니 그때 남아 있던 문자가 그대로 있다. 그럼 김필정이 사용하던 폴더폰은 지금 최창길에게 가 있을 거다. 그리고 김필정과 내가 했던 일을 최창길에게 뒤집어씌운 다음에 끝낸다. 그럼 모든 게 말끔히 사라지기는 한다.

모든 게 전부 해결되고 나면 나는? 감옥? 이진수가 처벌되지 않을 수도 있다고 했다. 그래도 감옥에 간다고 가정한다면 돈은 몇십억 단위로 모여있고 금과 시계도 있으니 미래에 대한 걱정은 없다. 그럼 감옥은 한 5년? 아니, 사람을 죽였으니 10년? 연쇄 살인인데, 무기징역? 남이 시켜서 강압적으로 한 건데도? 이진수가 진짜 도와줄까? 아니, 최창길이라는 거물을 그냥 자수 하나로 끝낼 수는 있을까? 아니, 아니. 이진수가 아직 힘이 남아 있을까? 지금 구치소에 갇혀있는 놈을 누가 도와준다고?

또 머리가 아파지기 시작한다. 누군가 내 목덜미에 갈고리를 걸어 쭉 잡아당기는 느낌이다. 방금 마지막 질문은 아까도 했었다. 그리고 그 질문의 답변은 누군가 이진수를 도와준다였다. 그럼 바보같이 똑같은 질문을 반복할 필요는 없다.

복잡하게 얽힌 생각을 정리하고 상자 안에 다시 눈을 두니 아까 잠시 치워두었던 두 장의 종이가 빛나는 것처럼 밝게 보인다. 그 종이 두 장을 잘 겹쳐 들어보니 강렬한 붉은 색으로 칠해져 있는 첫 문장.

필히 소각할 것

그 밑에는 이번에 진행할 계획이 자세하게 적혀있다. 물론 이진수와 구치소에서 전부 한 이야기이기도 하다. 대충 한번 눈대중으로 훑어보며 내용을 확인해 본다. 역시나 이진수에게 들었던 내용과 다른 것 하나 없다. 종이의 앞뒷면을 확인하며 특별한 것 없나 찾아보지만, 그냥 평범한 이면지다.

나는 자리에서 일어나 화장실로 향해 두 장의 종이에 불을 붙이고 변기 안에서 태운다. 하얀색 종이가 검은색 재로 변해 나풀나풀 날아가지만, 높게 날지는 못하고 변기 안에 있는 물속으로 가라앉는다. 그냥 별생각 없이 타오르는 종이를 보던 중 핸드폰에 걸려 온 전화. 최창길이다.

"예."

나는 항상 딱딱한 말투로 전화를 받는다. 솔직히 지금 그의 전화를 받기 조금 그렇다. 그와의 일을 완전히 잊고 있었고 조금 귀찮기도 하다.

"잘 돼가고 있는 거지?"

최창길의 목소리에는 불안감이 가득 섞여 있다. 그나마 숨긴다고 숨기는 것 같은데, 이진수나 나에 비해서는 턱없이 부족한 실력이다. 떨리는 호흡, 전화의 시작부터 본론을 급히 물어보는 것까지, 초보 수준이라고 말하는 것조차 부끄러울 정도다.

"예, 잘하고 있죠. 제 성격이 그냥 꼼꼼한 성격이 아니라서 조금 걸릴 것 같네요. 그래도 잘 되고 있으니 너무 불안해하지 마세요. 이진수 그놈이 이유는 모르겠지만, 횡령 인정하고 제 발로 구치소에 들어가지 않았습니까? 저도 시간을 벌었으니 굳이 급할 필요가 없어서 돌다리도 두드려 보고 건너고 있는 거예요. 저만 믿으세요."

'저만 믿으세요.'라는 어디서 많이 들어본 문장에 씨익 입꼬리를 올리며 소리 없는 웃음을 터트린다. 이 말을 내가 하게 될 줄은 생각도 하지 못했다.

"아니! 그러니까 그게 이상하다는 말이야. 굳이 지가 잡혀 있을 이유가 없다는 말이지? 뭔가 꿍꿍이가 있으니까 제 발로 들어가지, 아니면 왜 들어가. 원래 내가 생각한 거는 횡령으로 한번 찌르고 뭔가 숨기려고 움직일 때 잡으려고 했다고. 근데 구속 영장이 신청하기 전에 나왔어. 내 생각에는 영장을 이진수가 뽑았다."

그의 말에 고개가 갸우뚱하게 기울어진다. 뭐, 지금 와서 이진수가 스스로 영장을 뽑아 자신을 가두든 뭘 하든 상관없다. 문제는 당장 최창길을 잠재울 그럴싸한 답변이 생각나지 않는다. 하지만 알 수 없는 집중력이 만든 이상한 말의 조합들이 입 밖을 비집고 나온다.

"의원님 같으면 딱 봐도 누가 작업 치려고 하는데, 개기는 거보다 그냥 들어가는 게 좋겠죠. 그럼 들어가긴 갈 건데, 살인이나 뇌물로 들어갈까요? 아니면 횡령으로 들어갈까요? 생각 좀 해 보십쇼."

"야! 시발, 그 새끼가 병신이냐? 그놈 검사였어! 뭔 작업은 작업이야. 내가 뭔가 해주면 니가 바로 증거 만들어서 뿌린다며, 근데 지금 아무것도 없잖아! 그리고 이진수도 풀려나려면 언제든지 풀려날 수 있는 놈인데, 왜! 굳이! 갑자기 영장이 뽑혀서 순순히 갇혀 있냐는 말이야!!"

최창길의 말이 이해는 간다. 그리고 지금 그의 상황도 이해는 간다. 그는 나보다 더 불안한 심정이다. 어디 이상한 놈을 믿어 나락으로 떨어지기 직전이니 그럴 만하다. 다 이해한다. 근데 나는 남을 신경 써줄 만큼 한가한 사람이 아니다. 지금 좀 더 시간을 벌어야 한다.

'그러려면… 어떡하지? 아니, 이진수라면 지금 어떻게 말했을까?'

머릿속으로는 딴생각을 하며 입으로는 이상한 말을 뱉어 말을 빙빙 돌리고 있다. 들어보면 대답하는 듯하지만, 막상 곱씹어 잘 풀어보면 아까부터 같은 말만 반복하는 중이다. 최창길의 불안감은 점점 분노로 바뀌며 목소리가 커지기 시작했고 내가 핑계 대기 어려운 질문으로 좁혀갔다. 내 말이 점점 느려질 때 머릿속에서 하나의 생각이 입으로 빠르게 떨어졌다.

'이진수는 갑자기 태도를 바꾸어 협박을 했었다. 그리고 지금 주도권은 내게 있다.'

"그럼 여기서 그냥 끝내고 딸내미 다 죽이던가 아니면 나 믿고 가만히 기다리고 있던가요."

나는 동내 양아치 같은 말투로 말한다. 딸의 목숨으로 협박하는 게 딱히 먹히지는 않지만, 징징거리는 그의 말투가 짜증 나 그냥 막 뱉었다.

"뭐라고?"

짜증이 가득 담긴 최창길의 목소리를 들으니 더욱 자신감이 생긴다. 이때 더 강하게 몰아붙여야 한다.

"여기서 끝내고 이진수 나오면 어떻게 하시려고요? 자신 있어요? 저는 여기서 그만두고 그냥 죽으면 돼요. 근데 의원님은? 이렇게 판 깔아놓고 흐지부지 끝나면 어쩌시려고요? 저처럼 다 포기하고 죽을 수 있어요?"

"그러니까 나는 너를 믿는데, 이게 전에 했던 말이랑 다르니까 궁금해서 내가 묻는 거지. 그리고… 시발! 나도 가만히 있겠냐? 여기서 끝나면 우리 같이 좆 되는 거야!! 그러니까 시발, 너도 잘해야지 같이 웃으면서 보는 거지."

잔뜩 흥분해 욕을 뱉는 최창길의 목소리가 듣기 싫어 핸드폰을 바닥에 내려놓고 타들어 가는 종이를 구경한다. 곧 그의 말이 멈추자 다시 핸드폰을 얼굴에 붙인다.

"예, 알겠습니다. 뭔가 있으면 잘 막아주시고 뭐, 잘될 겁니다. 저만 믿으세요. 그럼 끊겠습니다."

나는 이 말을 끝으로 전화를 바로 끊는다. 지금 와서 최창길이 힘쓰기에는 늦었다. 이진수가 계획한 상황 안에 놓여 있는 사람이라면 뭔 짓을 해도 빠져나오지 못한다. 이진수에게 찍혔다니 최창길의 인생도 제대로 꼬였다.

나는 힘없이 피식 웃으며 핸드폰을 저 멀리 던진다. 그리고 화장실 바닥에 완전히 주저앉아 변기에 등을 기댄다.

"아~ 힘들다~."

알싸하고 쾌쾌한 종이 탄내와 바닥을 짚은 손에 묻은 검은색 재. 이진수를 배신한다고 최창길을 만났는데, 지금은 최창길을 배신하려고 화장실에 앉아 있다. 이렇게 되니 앞으로 내 인생이 어떻게 될지 궁금해진다.

'지금보다 더 힘들까? 아니면 죽으려나? 나는 어쩌다 이렇게 됐을까? 그냥 엄마 말대로 공부나 할걸.'

"하…"

살포시 눈을 감고 부드럽게 숨을 내쉰다.

가시밭을 벗어나기 위해서는 가시밭을 걸어야만 했고 걷는다고 해도 가시밭에서 벗어날 수 있는 것도 아니었다. 쳇바퀴처럼 모든 것은 돌고 도는 것이었으며 혼자 버티기 힘들지만, 그렇다고 누군가 도와주기는커녕 다들 등 뒤에서 나를 잡아먹을 궁리만 하고 있었다. 언제 끝이 날까 매일 생각해 보지만, 그것은 끝이 없는 경주였고 끝을 내기 위해서는 새로운 것을 시작해야 했으며, 그것 또한 끝이 없는 무한의 굴레인 것을 지금에서야 깨달았다. 어쩌면 그것이 인생이라는 생각이 든다.

"힘들다고~"

나는 다음 날 아침 일찍 잠에서 일어난다. 김성국, 모두의 기억 속에서 사라진 그를 다시 수면 위로 올릴 것이다. 사람은 수십 명은 넘게 죽였지만, 한 번에 엄청난 파장을 일으킬 사람은 김성국뿐이다. 그리고 나머지 사람들은 이제 꺼낼 수도 없다. 이진수의 계획상으로 김성국은 거대한 떡밥, 사건을 묻기 위한 촉매제 역할을 할 뿐이고 밖으로 새어 나가지 않을 거라고 했다.

김성국의 시체 위치를 아는 사람은 오직 나 뿐이다. 깊은 산속 나무 아래 묻혀 있다. 물론 시신은 토막 냈고 석회수 때문에 빠르게 썩어들어 갔을 것이다. 빠르게 썩지 않았어도 죽인지 이제 3년 정도 되어 가니 완전히 뼈만 남았을 거다.

나는 그가 묻혀 있는 곳에 도착하고 땅을 대충 파내본다. 그를 깊게 묻긴 했으나 얕은 땅속에 알아볼 수 있도록 표시를 해놨다. 그 표시가 슬며시 흙 속에서 나타나자 나는 더 깊이 땅을 파낸다. 그리고 하얀 뼛조각이 나타나고 이름 모를 누군가의 머리카락과 부러진 손톱을 그 위에 뿌린다. 다시 흙을 덮고 주변에 풀과 썩은 낙엽으로 그 위를 덮는다. 그 외 나머지는 알아서 해준다고 했으니 믿는다.

이제 새로운 인물을 만날 거다. 갇혀있는 이진수를 대신하여 나를 도와줄 사람, 허명호라는 변호사다. 강남 번화가 사거리, 10층짜리 높은 빌딩, 그 빌딩 4층에 있는 허명호 법률 사무소. 딱히 어떤 전문이라고 적혀 있지 않고 그냥 법률 사무소라고 적혀있다. 그리고 나는 지금 그의 사무실 안에 앉아 그와 마주 보고 있다.

"종혁 군은 이제 피해자예요. 최창길에게 약점이 잡혀 이용을 당해왔고 그의 행동대장으로 일해 오던 겁니다. 청부 살인, 자금 세탁 및 전체적인 범행 세획은 최창길이 독단적으로 계획한 것이며 종혁 군은 그에게 협박당해서, 굉장히 부당하고! 강압적으로! 일을 할 수밖에 없었다! 지금까지 제가 한 말을 자백하는 것처럼 말해 보세요."

허명호는 유치원 교사처럼 과장된 손짓까지 사용해 가며 나를 가르치듯 말한다. 썩 기분은 좋지 않지만, 그냥 빨리 끝내기로 하고 그에 말대로 자백하듯 말을 따라 말한다.

"그리고 박정훈, 이개. 이 두 명에게 종혁 군이 브로커 역할로 살인 청부를 넣은 것입니다. 그러니까 직접 살인을 한 사람은 박정훈과 이개. 종혁 군이 누구에게 청부했다고요?"

"박정훈 그리고 이름이 이개에요?"

나는 잠시 눈을 다른 곳에 두며 말한다. 저기 시계 옆에 있는 나무 십자가가 눈에 거슬렸기 때문이다. 십자가의 오른쪽 모서리가 파여있다. 오래되어 보이지 않지만, 생채기가 너무 많다. 대충 이 공간의 파악은 끝났다. 저 십자가 말고는 특별한 것은 없어 보인다. 내가 한눈을 판 사이 허명호는 고개를 끄덕이며 다시 말을 이어간다.

"종혁 군이 경찰에게 뭔 말을 하던 개네들은 다 맞다 할 겁니다. 그리고 경찰에도 저희 사람들이 있으니까 도와줄 거고요. 혹시 긴장되세요?"

긴장이라는 단어가 들리자 입에서 참을 수 없는 비웃음이 튀어 나온다. 고작 경찰서에 가서 자백하는 게 긴장될 거였으면 지금까지 그 많은 사람들을 죽이지도 못했을 거다. 이진수를 배신할 생각도 못 했겠지…

"딱히 긴장은 되지 않는데, 제가 여기에 올 거라고 이진수가 언제 말했어요?"

내 질문에 허명호는 얄밉게 입술을 움직이며 잠시 생각에 빠진다.

"음… 이진수 님께서 말을 아끼라고 하셨지만, 저에게 어느 정도 말해줄 수 있는 권리가 있다고 생각합니다. 그래서 저의 대답은 꽤 오래전, 정확히는 반년 전에 지금 같은 일이 있을 수도 있다고 말해주셨고 얼마 전에 종혁 군이 찾아올 거니 일을 준비하시라고 말씀을 주셨습니다."

처음부터 나의 배신이 그의 계획 중 하나였다는 소리다. 신내림 받은 무당도 아니고 그런 게 가능한지는 모르겠지만, 뭐, 이진수니 의심 없이 인정한다.

"그럼 실수가 있으면 어떡하죠?"

"어떤 실수를 말하는 걸까요?"

허명호가 자신의 두 손을 맞잡으며 정중히 내 질문을 받아친다.

"어… 그냥, 뭐… 최창길이 힘을 쓴다던가, 조선족 애들이 바보 같은 짓을 한다던가, 이신수의 계획대로 안 된다든가 하는 변수? 예상치 못한 교통사고나 천재지변도 있을 수 있고요."

내 말에 허명호는 선한 웃음을 보여준다.

"잠깐 제 이야기 좀 할게요. 저는 한국에서 고등학교를 조기 졸업하고 서울에 있는 대학교 갔다가 미국 로스쿨을 졸업했습니다. 저는 제가 천재라고 당당히 이야기하던 시절이 있었죠. 근데 지금은 그렇지 않아요. 왜? 이진수 님을 만났기 때문이에요. 저도 지금 일이 굉장히 위험한 일인 것을 알고 있습니다. 저도 모든 걸 걸고 오늘 처음 보는 종혁 군을 도와주고 있는 거예요. 저는 이 계획이 실패하지 않을 거라는 확고한 믿음이 있습니다."

저 말을 잘 들어보면 내 질문에 대한 답이 아니다.

허명호, 나랑 결이 달라 맞지 않는 사람이다. 그나마 다행인 점을 말하라고 한다면 표정과 말투로 그의 생각을 쉽게 읽을 수 있다는 점이다. 가장 눈에 띄는 그의 특징은 이진수에게 완전히 미쳐있다. 사이비 종교처럼 말이다. 근데 또 이진수에게 미쳐있는 허명호라는 사람이 이해가 된다는 점이 짜증이 난다.

"이진수가 뭘 해줬어요. 돈? 아니면 누구를 죽여줬나?"

나는 눈을 가늘게 뜨며 말한다. 그리고 허명호는 자세를 고쳐 앉는다. 반응을 보니 내 말이 그의 불편한 곳을 찔렀다.

"오후~ 사람을 죽인다는 이야기는 듣기만 해도 무섭네요. 그리고 저는 큰돈에 관심이 없어요. 그저 이진수 님은 저에게 많은 걸 보여주었고 확실한 믿음을 주셨죠."

그 뒤로 쓸데없는 이야기를 선한 말투로 지껄였지만, 더 들을 필요도 없었다. 그의 말은 거짓. 큰돈에 눈이 반짝인다. 나는 귀를 닫고 다시 주변을 둘러본다.

그냥 평범하게 잘 꾸민 사무실, 역시 특별한 것은 없어 보이지만, 평범한 돈으로 강남 번화가 사거리에 이런 자리를 얻을 수 없다.

"저에 대해서 얼마나 아세요?"

대충 모든 분석이 끝나고 나는 손가락을 만지며 그에게 질문한다.

"아무것도 모릅니다. 저희는 오늘 처음 보잖아요? 솔직히 저도 말씀을 듣고 따르는 것뿐입니다. 그래도 종혁 군은 중요한 존재라고 하셨습니다. 그러니 저도 그렇게 생각하고 있고요."

꿀 발린 마지막 말이 씁쓸하게 들려오며 다시 한번 피식 웃음을 튀어나오게 한다. 아무리 좋게 보려고 해도 그가 더 싫어지고 있다.

"진짜 들은 게 없나 보네요. 제 앞에서 거짓말도 다 하고."

내 말을 들은 허명호가 입을 벌리자 나는 검지를 치켜세우고 그의 입을 다물게 한다.

"에, 다 숙지했고요. 이진수가 하라는 준비 단계도 완벽히 끝냈고요. 그럼 이제 뭘 해야 하죠?"

내가 말을 끝내자 잠시 죽어있던 허명호의 표정이 갑자기 밝은 웃음으로 바뀐다. 그리고 손목에 감긴 시계를 본다. 스위스 명품 시계, 아까 돈은 좋아하지 않는다고 말했지만, 시계는 좋아하는 듯하다.

"내일 점심 좀 드시고 다시 여기로 오세요. 그리고 같이 경찰서로 갑시다. 그때부터는 제가 붙어서 종혁 군을 봐 줄 겁니다. 다시한번 말하지만, 그 주변 사람들 전부 같은 편이니 긴장하시지 마시고요. 전부 잘 될 겁니다. 한 번같이 파이팅 합시다."

그는 오른손을 내 앞으로 뻗어 내게 그 위로 손을 올릴 것을 권유한다. 어두운 상황에서 갑자기 유치한 짓을 하자니 딱히 내키지는 않지만, 뭐… 사사건건 태클 걸기도 이제 지쳤다. 건다고 넘어갈 것 같지도 않고.

"파이팅."

"그래요. 파이팅!"

암흑 속에서는 울고 있는지 웃고 있는지 아무도 모른다. 단지 바람이 불고 누군가의 등쌀에 밀려 알 수 없는 길을 가고 있을 뿐, 지금 걷고 있는 길이 제대로 된 길인지 나는 모른다.

그렇게 시간이 흐르고 나는 접견실에 앉아 있다. 이곳은 구치소, 자수한 지는 1주일 정도 되었고 내 앞에는 허명호가 앉아 있다.

"조사는 잘 받으셨죠?"

허명호의 표정은 항상 해맑다.

"예, 잘했습니다. 말도 잘 아꼈고 문제도 없었어요. 사람들도 친절하고요."

나는 힘없는 숨을 섞어 말한다. 힘이 없는 이유는 걱정이 되거나 하는 것보다는 밤샘 조사에 지치고 피곤하기 때문이다. 고개를 들어보니 허명호가 작은 박수와 함께 나를 보며 웃고 있다. 저 억지로 얼굴의 근육을 당긴 인위적인 웃음, 계속 보니 징그럽다.

"오늘 저녁에 조선족 친구들이 경찰에 잡힐 거예요. 그리고 언론에 유명 정치권 인사의 살인 청부라고 뉴스 하나 올라갈 겁니다. 그 조선족 친구들이 잡히는 순간 사실 규명은 끝이 날 거지만, 정보는 조금씩 아주 조금씩 풀어낼 겁니다. 누가 죽었고 몇 명을 죽였는지, 누가 시켰는지 하는 정보는 가장 나중에 풀 겁니다. 그쪽 당 사람들이 빠르게 묻을 수 있도록 말이죠."

딱 여기까지 말이 이진수에게 들은 것이다. 그 이후 다들 알아서 해줄 거니 따라만 달라는 부탁뿐. 그때도 지금도 내가 할 수 있는 것은 없다.

"궁금한 게 있는데, 굳이 조금씩 풀어내면서 묻을 수 있는 기회를 주는 이유가 뭐죠?"

내 질문에 그는 박수 한 번 짝치고 입소리를 올린다.

"좋은 질문이네요. 대답을 위해서 정치 이야기를 꺼내야 하지만, 저는 정치에 대해서 잘 몰라요. 그래서 명확한 대답을 주기가 어렵죠. 하지만 그분의 계획은 최창길의 고립이에요. 모두가 최창길을 버리도록 만드는 거죠. 그가 힘이 있다고 해도 그 힘은 서로 연결된 인맥이라고 합니다. 근데 모두가 등을 돌리고 무시한다면 그의 힘은 없다고 해도 과언이 아니죠. 그냥 늙은 할아버지가 되는 겁니다."

나는 그의 말에 고개를 끄덕인다. 내가 예상한 답안과 거의 비슷하다. 사건이 커지기 전에 최창길을 고립해 말라 죽게 만드는 계획이다.

"그래도 멀쩡하게 내버려 두면 꿈틀거리지 않을까요? 높은 곳에 있는 사람인데, 그냥 바보처럼 있을까요?"

"그거에 대해서 저는 답변을 드릴 수가 없어요. 거기까지는 제가 모르는 계획이고 다른 분이 따로 처리하는 걸로 알고 있습니다."

나는 계속 고개를 끄덕이며 알아들었다는 신호를 보낸다. 여기까지 와서 이진수를 의심하지 않는다. 나도 내 앞에 있는 광신도처럼 이진수를 전적으로 믿는다. 다 알아서 잘 해결할 거다. 그래도 깊은 한숨은 끊기지를 않는다.

"그래서 저는 감옥에 가나요?"

"그건 아직 모릅니다. 최대한 빼내려고 노력은 할 거지만, 사건에 살인이 걸려있는지라 확답은 못 드리겠어요. 감옥에 간다고 해도 강압적인 상황과 반성하는 모습을 잘 보여주고 있으니 길게 받지는 않을 거라고 생각합니다. 물론 사건이 깔끔하고 안전하게 묻힌다면 감옥에 가지 않고 집에 갈 수도 있습니다. 지금 그렇게 하려고 노력하고 있고요."

나는 그의 말에 고개만 끄덕인다. 저 변호사라는 양반은 한국어를 뭔 만화로 배웠나 말투가 이상하다. 그리고 그분은 이진수를 칭하는 것 같고, 눈빛도 저번보다 더 맛이 간 느낌이다. 슬쩍슬쩍 시계를 보여주며 돈 자랑하는 것도 마음에 들지 않지만, 지금 나를 도와줄 사람은 저 사람뿐이다.

"그럼 저는 이만 일어날게요. 내일도 올 거고 이번 주 내내 올 겁니다. 걱정은 싹 내려놓으시고 마음이 뒤숭숭해 잠이 오지 않을 때면 기도 한번 추천드릴게요."

허명호는 너무나도 밝은 웃음과 함께 떠난다.

밖에 상황은 폭풍이 찾아왔다. 한때 정의의 검사로 뉴스에 올랐던 이진수가 횡령으로 구속 중에 있다. 뇌물과 살인은 '혐의 없음'으로 사라졌다. 최창길은 살인 교사 혐의로 구치소에 잡혀 있다.

추가적인 조사에 여러 잡다한 죄들이 줄줄이 끌려 나오겠지만, 살인 교사라는 단어 앞에 전부 가려질 거다.

언론은 이진수와 최창길, 그 둘을 뜨겁게 비추고 있다. 이진수는 자신의 횡령 혐의를 인정하였고 그 금액은 자그마치 12,000원, 12,000달러도 아닌 12,000원이다. 반대로 최창길은 까면 깔수록 검고 더러운 것들이 쏟아져 나오기 시작했다. 심지어 살인 교사 관련 증거까지 족족 나오고 있었다. 최창길 쪽 당은 아는 것 없다. 사실무근이다. 정직한 조사 후 말씀드리겠다 등등 회피성 발표만 하고 잠적했다. 물론 진짜 아는 것은 없을 거다. 원래 없던 일이었으니까.

지금까지 말한 내용은 내가 본 TV 속 이야기다. 이곳은 구치소 독방. 오늘 허명호는 오지 않았고 지금 계속 철창 안에 갇혀 있다. 저번에 만난 그의 말에 의하면 최창길 쪽 당은 그의 꼬리를 자르기 위해 빠르게 준비 중이라고 한다. 워낙 크고 예민한 사건이니 최창길을 구하는 것보다는 급하게 자르고 묻기로 했다고 한다. 그도 그럴 것이 그쪽 사람들 중 한 명이 나를 찾아왔었다. 한 이틀 전인가 그럴 것이다. 나에게 모든 게 사실인지 물어보았고 당연히 내 대답은 '맞다'였다. 그럼 아직 말할 게 많냐는 질문에 나는 여유롭게 고개를 끄덕였다. 그리고 내 입에서 김성국의 이름이 나오고 그의 표정은 어둡게 썩어갔다.

"여기서 멈추어 주실 수 있을까요?"

그 남자는 나에게 간절한 부탁을 했었다.

"그럼 제가 얻는 것은요?"

내 질문에 그는 그들의 계획을 대략적으로 설명해 주었다. 최창길은 완전히 고립되어 버려질거니 일을 더 키우지 말고 여기서 끝내자는 제안과 나를 조용히 풀어주겠다는 조건이었다. 누군가 나를 찾아온다는 계획은 들은 게 없었지만, 모든 게 이진수, 그의 계획이라는 것은 알 것 같았다. 어쩌면 그때 내 앞에 앉아 있던 사람도 이진수의 사람일 수도 있었다.

"생각 좀 해 보겠습니다."

이게 나의 대답이었고 그는 시간이 다음 주까지 있으니 잘 생각해 보라고 하였다. 협박 같은 말이 아니라 진실하고 간절한 부탁이었다.

시간은 다시 3일이 지나고 지금 내 앞에 앉아 있는 허명호, 항상 싱글벙글한 웃음이 기괴하게 느껴질 정도다. 나는 그에게 지금까지 있던 일을 모두 말하였고, 그는 박수를 치며 사탕 받은 세 살짜리 아이처럼 기뻐한다.

"아주 좋은 일입니다! 우선 제안을 수락하고 상황을 지켜보면 돼요. 폭탄 스위치는 종혁 군이 가지고 있으니 걱정하지 않으셔도 됩니다."

"뭐, 그거야 제가 살아있다면 말이죠. 갑자기 제가 죽을 수도 있잖아요?"

어느 날 갑자기 내가 죽을 수도 있다는 생각이 들었다. 김필정의 숨겨진 결말을 알고 있기에 가능성 없는 이야기도 아니었고, 내가 풀려날 확률보다 내가 죽을 확률이 더 높아 보였다. 하지만 항상 밝은 웃음의 허명호는 고개를 흔든다.

"그런 계획은 들은 적이 없습니다."

그리고 흐르는 정적, 한숨은 항상 흘러나오고 머리는 복잡하지만, 막상 특별한 생각은 있지 않다. 이대로 일이 너무 쉽게 풀려서 이상하기도 하고 세상이 계획대로 흘러간다는 것도 이상하기도 하다. 마음이 답답해지고 나는 의미 없이 머리를 긁는다.

"계속 말을 아낍시다. 시간이 모든 걸 해결해 줄 거예요. 밖은 너무 혼란스러워요. 그러니 안정을 찾고 싶어 할 겁니다. 힘을 잃은 최창길은 서서히 죽어갈 거고 그럼 종혁 군은 그들의 조건에 따라 밖으로 나와 자유의 몸이 되는 거죠."

나에게 힘을 주고 싶어 하는 말 같은데, 전혀 도움이 되지 않는다. 생각해 보니 이번 일이 끝나고 자유의 몸이 될까? 그때도 이진수는 나에게 강압적인 자유를 주었지만, 자유가 아니었다. 한번 속아본 입장에서 의심이 생기지 않을 수가 없었다.

'어차피 결과는 돌고 돌아 정해져 있다.'

갑자기 번뜩이는 문장. 지옥 같은 상황에 반복.

'뭐… 어떡하냐?'

지금 그냥 솔직하게 말하고 감옥에 가는 게 편할 수도 있지 않을까? 감옥에 간다고? 그럼 지금까지 내가 한 짓은 뭐가 되는데? 몇 명을 죽였는데, 어떻게 버텨왔는데.

'좆 같네…'

속으로 욕을 뱉으며 크게 한숨을 내쉰다.

"고민이 있어 보이네요?"

한동안 침울한 표정으로 생각 속에 빠져있던 나를 허명호가 빼낸다.

"아니, 그냥 졸리네요."

"그럼! 이야기 잘 마무리하시고 다시 봅시다. 계획이 편안히 진행되니 제가 다 좋네요."

허명호는 말을 끝내며 웃는다. 그것도 신명 나게 말이다. 내 눈에는 그냥 정신 나간 광신도가 보인다. 뭐, 나도 허명호도 똑같이 이진수의 손안에 있는 것은 마찬가지다. 그리고 허명호는 또 다른 계획을 말해주지만, 나는 귓등으로도 듣지 않는다. 관심도 없고 머릿속에는 오직 이진수뿐이다.

'자유를 얻는다고 해도 그게 확실한 자유가 아니라면? 자유처럼 느껴지는 커다란 울타리라면? 그렇다면 그냥 그의 충실한 사냥

개가 되어 편안히 살면 되지 않을까? 내 앞에 있는 광신도처럼?'

똑같은 생각의 반복. 이제 나도 질릴 정도다.

"그래서 이해하셨죠?"

그는 이번에도 생각 속에 빠져있던 나를 끌어올린다.

"예, 예. 알겠습니다."

뭔 말을 했는지는 모르겠으나 우선 대답하고 자리를 끝낸다.

다시 들어온 작디작은 독방, 차가운 바닥에 주저앉아 전 재산을 잃은 도박쟁이처럼 허리와 고개까지 푹 숙여 초점 없이 바닥을 보고 있다.

이진수는 허름한 창고에 사람을 데리고 왔었다. 정확히는 이진수 아래, 어떤 남자들이 데리고 왔었다. 대부분은 이진수가 누군가와의 협상이 통하지 않았을 때 사용하는 처벌 같은 것이었다.

나는 이진수의 소개로 한 남자를 만나 함께 완벽한 납치 방법을 만들었다. 누군지도 모르고 이름도 모르고 나처럼 완벽한 범죄를 저지를 수 있는지도 몰랐다. 서로 가면까지 써가며 일했기에 얼굴도 몰랐다. 그냥 이진수가 하라고 했으니 했다. 그리고 같이 만든 납치 방법으로 그 친구가 사람을 납치해 창고로 데려오면 내가 죽이는 역할을 했다. 나중에 그 이름 모를 친구의 얼굴을 볼 수 있었는데, 그냥 평범한 20대 남성, 눈 아래 큰 점이 있던 게 기억에 남는다. 그리고 그는 가장 마지막으로 창고에서 죽은 사람이 되었다.

창고에 끌려온 사람은 항상 사지가 묶여 있었고 눈이 가려져서 왔다. 그리고 창고 가운데에 있는 낡은 책상 위에는 무전기가 하나 놓여 있었는데, 이진수가 신호를 보내면 삐리릭 소리가 울렸다. 그 무전기에서 소리가 들리면 나는 끌려온 사람을 죽이는 시스템이었다. 만약 무전기에 신호가 울리지 않고 다시 끌려 나간다면 그 사람은 살아 돌아가는 거지만, 단 한 명도 살아 돌아가는 사람은 없었다.

내가 사람을 죽이고 증거까지 말끔히 치우면 이진수 밑에 있는 경찰들이 한번 조사를 하고 가는데, 거기서 아무것도 나오지 않는다면 나는 인당 1억씩 받았다. 온몸에 문신이 그려진 깡패부터 교복을 입은 학생까지 성별, 나이를 가리지 않고 전부 끌려왔다. 그러던 어느 날 중년의 여성과 여섯 살 정도로 보이는 어린아이 두 명이 창고로 끌려왔었는데, 그날따라 무전기가 오랫동안 울리지 않았다.

"살려주세요… 살려주세요…"

창고로 끌려오는 모든 사람들이 하는 말이긴 한데, 그날따라 아이들의 엄마로 보이던 여성의 목소리가 귀에 붙어 떨어지지 않았다. 그래서 그때 내가 무슨 생각을 했는지 아는가?

'꼬마 두 명은 30분도 안 걸리는데, 똑같이 1억씩 주나?'

"시발, 역겹네."

과거 나 자신에 대한 역겨움에 속이 울렁거리며 올라오는 분노가 온몸을 불태운다. 허리를 펴고 찌뿌둥한 어깨를 주무른다. 한숨을 쉬며 딱딱한 이부자리를 깔고 그 위에 눕는다. 집에 있는 매트리스가 생각나지만, 괜찮다.

"그래… 다 괜찮다."

차라리 지금 같은 생활이 더 좋을 수도 있다. 그러니까 다른 생각 좀 해 보자. 사람 죽이는 이상한 생각 말고. 이진수! 당장 앞에 있는 적에 대해 생각을 해 보자고.

'갑자기 왜 이럴까? 그때 이진수와 끝장을 보자는 독기는 어디 가고…'

"그러게?"

나는 역겨운 과거를 잊기 위해 혼자 말하며 시간을 보냈다. 계속 반복되는 질문과 항상 똑같은 대답, 인생의 한탄과 과거에 대한 후회, 보고 싶은 부모님과 어딘가에 잘 숨겨진 돈, 재즈, 머릿속에 맴도는 느끼한 재즈.

"아~ 술 먹고 싶다."

몇 년 전에는 담배처럼 끊고 싶어도 끊지 못했던 재즈를 바쁜 시간에 파묻혀 잊고 살았다.

"어쩌다 나는 여기까지 왔을까?"

이와 비슷한 질문은 예전에도 했던 것 같다. 최근에는 거의 매일 했었다. 그리고 그 질문에 대한 답변은 지금 내 눈 앞을 가리는 시멘트 천장이다. 그때는 쏟아지는 빗속, 날파리가 날아다니던 화장실 천장이었다.

"시발…"

시간은 흘러 이진수, 최창길, 박종혁 이 셋이 구치소에 갇히고 난 후 몇 개월이 지났다. 더웠던 날씨는 이제 하얀색 눈이 내리고 있다. 그리고 그들은 아직도 구치소라는 좋지 못한 곳에 들어가 있고 지금 모두가 똑같이 생긴 방에 똑같이 천장을 바라보며 똑같이 생각에 잠겨있다.

누군가는 활짝 웃음꽃을 피우며 행복한 상상 속에서 헤엄치고 있다. 세상이 마치 자신이 만든 동화처럼 생각대로 흘러가고 모든 게 자신이 원하는 결과대로 딱 나온다면 그 누구도 그와 같이 활짝 웃고 있을 거다. 사는 게 얼마나 재미있을까?

이진수, 그는 12,000원의 횡령을 강력하게 인정한 상황이다. 이미 뉴스까지 나왔으니 풀어 줄 수는 없었고 그렇다고 정계에 큰 줄이 달린 사람을 고작 2만 원도 안 되는 횡령으로 재판까지 가자니 더 그런 상황이었다. 하지만 이진수는 재판까지 가기를 원했다. 그 외 나머지는 아무리 털어도 먼지 하나 나오지 않을 거다.

"좆 까고 있네요. 종혁 씨."

이진수는 천장을 바라보며 시원하게 욕설을 뱉는다. 지금 그의 계획은 상대측에게 공포감을 심어주는 것이다. 경찰과 검찰이 직접 조사해서 지금까지 나온 범죄가 고작 2만 원도 되지 않는 횡령 뿐이라는 게 언론을 통해 확증되었다. 이미 좋은 이미지가 박혀있는 그에게 횡령이라는 스크래치가 생겼지만, 그는 유명 인사도 아니고 정계 진출 생각도 없기에 이미지는 중요하지 않았다. 중요한 것은 그의 적들에게 자신은 합법적인 약점이 없다는 것을 확인시켰다.

합법적인 약점이 없다. 그 사실은 어쩌면 적들에게 공포로 다가올 수도 있다. 적이라고 말하기에는 그렇지만, 적은 적이다. 이진수는 굳이 나쁘게 말하자면 배신자이기 때문에 그를 싫어하는 사람들이 많다. 그는 원래 최창길과 같은 당, 즉 김성국, 이원택과 같은 현 여당 쪽 사람이었다. 그리고 이진수는 그들의 힘만 빨아먹고 상대 당에서 열심히 일하는 중이다. 최창길은 원래부터 이진수를 곱게 보지 않았고 상대 당으로 넘어간 순간부터 혐오 수준으로 싫어하던 사람이었다. 또한 그가 독단적으로 이진수를 담그려고 한 사실은 모두가 암묵적으로 알고 있었다. 근데 갑자기 살인 청부 조직의 우두머리로 감옥에 가기 직전인데, 주변 사람들은 어떻게 보겠는가. 정황상 그렇게 만든 사람은 이진수가 확실했다. 거기에 이진수를 탈탈 털어서 나온 것은 12,000원. 그렇다면 그들이 할 수 있는 행동은 두 가지 정도.

첫 번째, 이진수를 두려워한다.

두 번째, 이진수를 두려워하니 제거하려고 노력한다.

"뭐, 전부 계획이 있으니 상관없잖아?"

두 개의 손가락으로 천장을 가리고 있는 이진수가 피식 웃으며 말한다.

같은 시각 박종혁도 똑같은 상황이다. 차가운 자리에 누워 혼잣말을 뱉으며 딱딱하고 어두운 천장을 바라보고 있다. 그의 상황은 딱히 설명하지 않아도 모두들 잘 알고 있을 거라고 생각한다. 그의 머릿속은 거의 모든 생각이 날아가 버렸고 이제 남아 있는 생각은 단 하나 '자유'.

이진수에게 벗어날 수 있는지? 그는 자유를 약속했다. 하지만 그전에도 똑같은 약속을 했었고 그 약속을 어겼다. 돌고 돌아 다시 돌아온 암울한 상황.

"씨…"

무한한 반복에 질문들이 돌고 돌아 시간을 잡아먹고 있다. 어차피 할 것도 없는 그에게는 시간을 잡아먹는다면 좋은 일이었다. 어쨌든 무한한 답변 속에서 쓸만한 두 가지 답변이 나왔으나 뭔가 내키지 않는 답변.

첫 번째, 자신이 죽는다.

두 번째, 이진수가 죽는다.

답은 이 두 개뿐이었다. 확실하고 깔끔한 결과를 얻기 위해서 둘 중 한 명은 죽어야 하는 아주 극단적인 상황까지 왔다.

"진짜 좆 같네. 이진수."

그는 감히 앞에서 할 수 없었던 욕설을 이름에 붙여 뱉는다. 그리고 위에 둘보다 가장 처절한 암흑 속에 박혀 작은 불빛 하나조차 찾지 못해 더욱 깊은 암흑으로 들어가고 있는 사람이 있다. 그는 깔려 있는 이부자리에 편히 눕지도 못하고 허리를 굽혀 앉아서 삭막한 한숨만 내쉬고 있다. 그의 이름은 최창길.

그는 이진수가 검찰 이름을 단지 얼마 안 됐을 때부터 알고 있었다. 소개의 다리를 놓아준 사람은 김필정 그리고 정계 인사들과 다리를 놓아준 사람은 그와 김성국 그리고 이원택이었다. 그렇게 심부름만 하던 똥개가 지금 호랑이가 되어 자신의 목덜미를 물지 누가 알았겠는가? 아마도 이원택은 알고 있었다. 누구보다 이진수를 건드리는 걸 완강하게 반대했던 유일한 인물이었으니 말이다.

"그건 그렇고 진짜 좆 됐네."

그는 지금 고립되었다. 그것도 완전히 말이다. 정계의 힘은 사람과 사람 간에 연줄의 힘. 높은 곳에 있는 사람들끼리 밀어주고 당겨주며 서로 챙겨주고 살펴주는 힘이 막강하기에 그들이 어깨를 펴고 다닐 수 있는 것이었다. 그들 주변 사람들의 말 한마디, 전화 한 통, 사인 한 번이면 많은 게 바뀌고 일이 생기며 누군가의 진급

이 결정된다.

　박종혁에게 여당 사람들이 찾아간 것처럼 당연히 최창길에게도 사람들이 찾아왔었다. 그냥 모든 걸 인정하라는 말을 전하기 위해서였다. 밖은 당 비상사태까지 선언할 정도로 정치적 혼란 중이었고 거기다 발견된 시신에 정체가 김성국이라는 것까지 밝혀진다면 나라 꼴이 말이 아니었기 때문이었다. 그리고 대통령의 성격도 한몫했다. 전 대통령은 순둥순둥한 성격으로 모든 걸 유하게, 문제가 있다면 최대한 해결하자는 일 처리로 유명했다면 현 대통령은 그와 반대다. 뜨거운 불같은 성격으로 과거 불도저로 불리던 사람이다. 자신에게 방해가 된다면 같은 편이건 적이건 모두 밀고 앞으로 나가는 성격이었고, 지금 최창길 사건은 그와 당의 발목을 잡아끌고 넘어트릴 만한 일이라 해결 방안보다는 밀고 나가려고 했다. 그러니 인정하라는 말은 밀고 가기 전 최대한의 예우를 갖추어준 것이었다.

　최창길 밑에서 빌붙어 먹던 사람들, 그와 어깨를 나란히 하던 힘을 가진 사람들, 그보다 더 위, 어쩌면 신선놀음하는 늙은이들까지 모두 그를 싹둑 잘라내고 등을 돌렸다. 연락을 할 사람도 연락이 오는 사람도 없다. 그를 도와줄 사람은커녕 걱정하는 사람도 없다. 모두들 조용히 그가 사라지기를 바라고 있다. 그리고 그 사실은 최창길, 그가 가장 잘 알고 있다. 그도 지금까지 나락으로 떨어진 인물들의 꼬리를 잘라버렸고 심지어 직접 주도했던 사람이다. 그러니 꼬리를 자르는 사람들이 얼마나 피도 눈물도 없는지 잘 알고 있다. 그리고 버려지면 얼마나 처참한 미래가 남았는지도 너무나 잘 알고 있다. 이제 남은 인생의 절반 아니면 그보다 더 긴 시간을 차가운 감옥에서 보내야 한다. 출소 후에는 모두들, 심지어 가족에게도 버림을 받아 서서히 쓸쓸히 외롭게 죽어 갈 거다. 최창길은 이 모든 사실을 잘 알고 있기에 너무나 캄캄한 암흑 속에서 나오지 못하고 있다.

초라하고

쓸쓸하고

모두가 자신을 버리고

혼자서

늙어가고.

"아…"

이제 할아버지의 나이만큼 먹은 최창길은 눈썹을 비비며 조심스럽게 눈물을 삼킨다. 박종혁, 갑자기 찾아와 그의 황금 같던 인생을 송두리째 뽑아가 버렸다. 정확히는 그도 같이 스스로 뽑았다. 그는 박종혁이 자신의 딸을 죽이지 못할 것을 알고 있었다. 덜컥 겁을 먹긴 했지만, 딱 거기까지였다. 하지만 협박에 넘어가 준 이유는 정말로 그를 믿었기 때문이었다.

"왜 갑자기 이렇게 됐냐…"

그는 막지 못한 몇 방울의 눈물을 떨어뜨리며 몸을 쓰러뜨려 눕는다. 이제 남은 길을 지옥 같은 가시밭길.

시간은 흘러 한참 쌓이고 얼어붙은 눈이 이제 녹기 시작하는 계절이 왔다. 꽃들이 나오기 위해 봉오리를 만들고 따듯한 햇빛이 조금씩 느껴지고 있을 때 최창길의 범행 증거는 쏟아지듯 나왔다. 그의 땅 밑에서 발견된 처음 듣는 수억의 현금과 그는 본 적도 없는 검은색 폴더폰, 누군가의 백골 그리고 그 백골에서 발견된 최창길의 머리카락과 부러진 손톱, 그동안 해먹은 비리부터 굳이 꺼낼 필요도 없는 작은 범죄까지 모두 까발려졌다. 또 그 비리에는 최창길만 있는 게 아니었고 여러 사람들이 엮인 일이기에 모두가 최대한 빨리 묻으려 노력을 했다. 발견된 백골은 신원 미상으로 끝이 났고 총 세 구가 발견되었다. 조선족들은 자백과 함께 순순히 감옥으로 들어갔고 박종혁은 언론에 언급되지 않았다. 그리고 어느 날 뉴스에서 갇혀있는 최창길의 정신 이상설이 화두에 올랐다. 독방 안에서 미친 듯이 웃으며 뛰어다니는 소리가 담긴 음성파일이 제보되었다. 하지만 그가 감형을 위해 일부러 미친 척을 하고 있다며 더욱 욕을 먹었다.

5
·
만
조

이진수는 검은색 양복을 입고 머리도 말끔하게 올려 정리했다. 그는 지금으로부터 한 달 전, 구치소에서 나와 자유의 몸이 되었고 횡령은 약식기소로 모든 게 깔끔히 마무리되었다. 그는 지금 자동차 조수석에 앉아 있고 운전석에는 최성진이 핸들을 잡고 앉아 있다. 이곳은 지하 주차장, 방금 주차를 끝내고 차의 시동까지 끈 상태다.

　"뭐… 이런 자리에서 이런 말 하기에는 조금 그렇지만, 저희에게는 좋은 일 아닌가요? 아니, 저희뿐만이 아니라 모두가 원했던 결과라고 생각해요. 워낙 뒤에서 싫어하는 사람이 많았잖아요."

　최성진이 좋지 못한 표정으로 이진수에게 말한다. 최성진, 그도 검은색 양복에 머리도 말끔히 정리한 상태다.

　"저도 이런 말 하기에는 조금 그렇지만, 모두가 원해 왔던 것은 맞죠. 결과적으로 보면 어차피 제가 생각한 결말이기도 해요. 돌고 돌아서 모든 건 필연적으로 찾아오게 되어있습니다."

"예, 그렇게 이야기했던 거 기억납니다."

최성진의 표정은 점점 복잡해진다. 그리고 이진수를 잠시 바라보는 눈빛은 공포. 그는 이진수가 사람을 죽이고 있다는 사실을 알고 있다. 처음 만났을 때부터 자신이 김성국을 죽였다고 말했기도 했었다. 아무리 같은 편이라고 해도 이진수가 숨기고 있는 칼날이 자신에게 향할 수도 있었다. 물론 그런 일은 없을 거라고 믿기에 그와 같이 일하고 있다. 그리고 이번 일을 통해서 원래 있지도 않았던 배신의 생각은 말끔히 소멸되었다.

"그럼 제가 먼저 올라가 보겠습니다."

최성진이 말하고 이진수는 고개를 끄덕이며 그의 어깨를 털어준다. 그리고 최성진은 아무 말 없이 차의 문을 열고 밖으로 나간다. 그는 빠르게 걸으며 마침 타이밍 좋게 열리는 엘리베이터 안으로 들어가 건물 위로 올라간다.

그가 떠나고 이진수는 손목에 시계가 감겨있지만. 굳이 핸드폰을 꺼내 시간을 확인한다. 시간은 오후 8시 28분. 그의 표정도 뭔가 복잡 미묘해 보인다. 감정 없는 얼굴에 상투적인 슬픔을 묻히고 눈썹을 구겨가며 있지도 않은 감정을 끌어올려 본다. 그는 감정을 느끼지 못하는 사이코패스는 아니지만, 딱히 슬픈 상황이 아니었기 때문이다.

밖에는 정계 유명인들이 차에서 나와 격식을 차린 검은색 복장과 함께 위로 걸음을 옮긴다. 주차장 위는 장례식장, 최창길이 구치소에서 자살하였다. 아까 이진수의 말대로 최창길의 죽음은 이미 계획 속에 있었다. 하지만 그가 생각보다 구치소에서 너무 끈질기게 버텼다. 이진수는 자신을 믿고 붙어 있는 인물들에게 최창길이 빠르게 사망할 거라고 말했었고 최창길이 죽지 않고 버티자 그들 사이에서 혹시? 라는 말이 나오기 시작했다. 그러니 단단한 믿음을 위해서 이진수는 어쩔 수 없이 손을 쓸 수밖에 없었다. 어찌됐든 결과적으로 죽은 건 죽은 거였고 혹시? 설마? 하는 분위기도 잠재웠다.

"그래, 오히려 좋다."

이진수는 피식 웃으며 다시 핸드폰을 들어 시간을 확인해 본다. 그 짧은 생각 사이 10분이라는 시간이 흘렀다. 그는 마지막으로 머리와 옷매무새를 확인하고 차 밖으로 나간다. 아까 연습했던 복잡 미묘한 표정을 먹고 눈에는 슬픔을 묻힌다. 걸음은 빠르게, 한숨은 끊임없이 내뱉는다. 답답한 듯 넥타이 한번 만져주고 코도 한번 먹어준다. 엘리베이터 앞에 걸음을 멈추고 4층에 있는 엘리베이터가 내려오기를 기다린다. 하지만 엘리베이터는 당장 내려올 생각이 없어 보이고 그는 다시 남아 있는 계획을 생각해 본다.

최창길이 죽었다. 김성국과 김필정까지 모두 죽었다. 이제 사람을 죽이고 납치하는 것은 그만둬야 한다. 그럴 필요도 없다. 그리고 꼬리가 길면 잡히듯이 이제 슬슬 끝을 낼 때다. 그럼 이제 남은 사람은 한 명. 가장 까다로운 인물이지만, 그와 반대로 굉장히 투박하게 처리해야 한다. 그리고…

"사회 물은 입에 맞아?"

저 멀리 한 남성의 목소리가 우렁차게 울려 퍼진다. 이진수는 그 목소리에 집중을 깨고 고개를 뒤로 돌리자 저 멀리 보이는 한 남성, 얼굴은 보이지 않아도 거대한 덩치와 목소리만으로도 이원택이라는 걸 바로 알 수 있었다. 한때 이진수가 가장 존경했던 인물이자 지금의 꿈을 만들게 해준 인물 그리고 지금 그가 가장 무서워하는 인물이기도 하다.

"잘 지내셨습니까. 제가 먼저 연락을 드렸어야 했는데."

이진수는 허리까지 숙여 그에게 정중히 인사를 드린다.

"최창길 의원 일은 유감입니다."

그는 이어지는 말과 함께 천천히 허리를 펴며 슬픈 눈으로 이원택을 바라본다. 하지만 이원택은 이진수가 최창길을 끝낸 것을 알고 있다. 그러니 그는 쏩쓸하게 미소를 지으며 이진수와 눈을 마주친다.

"진수야, 나중에 밥 한번 먹자!"

그의 시들어가는 미소와 함께 이진수에게 악수를 건넨다.

"오랜만에 같이 밥 좋죠."

이진수는 악수를 받으며 밝은 미소를 보여준다. 옛날에는 '밥 좋죠'라는 대답은커녕 아직까지 허리를 숙이고 있었을 거다. 이원택은 그의 대답을 듣고 심기 불편한 한숨을 뱉는다. 그의 불편한 심기는 이진수의 말 때문이 아니다. 그는 자리가 자리인 만큼 위에서 모든 것을 보고 있었기에 이진수가 뭔 짓을 벌이고 있는지 전부 알고 있었다. 그새 엘리베이터는 그들 앞에 도착하고 문을 연다.

"먼저 올라갈게. 위에 카메라가 있어서 같이 오면 조금 그렇잖아?"

이원택은 붙어있는 손을 떼고 홀로 엘리베이터에 오르며 말한다.

"예, 알겠습니다."

이진수는 다시 한번 허리를 숙이며 작별 인사를 보낸다. 어차피 위에서 다시 볼 거지만, 그래도 작별은 작별이다.

이원택이 탄 엘리베이터의 문이 닫히고 이진수의 표정은 다시 차갑게 식는다. 이원택의 눈을 보고 이야기했으니 그의 생각이 보였다. 그는 이진수가 지금 무엇을 꿈꾸며 바라보는지 알고 있다. 그것도 확실하게 말이다. 하지만 당장 움직일 생각은 없어 보인다. 하긴 진작에 뭔가 했을 거였으면 최창길보다 그가 먼저 움직였을 거다.

엘리베이터는 금세 다시 내려와 이진수 앞에서 문을 활짝 연다. 그가 오르고 문은 닫힌다. 그 안에는 수많은 향수 냄새와 담배 냄새가 섞여 있다. 눈빛에 잠시 잊고 있던 슬픔을 묻힌다. 엘리베이터는 이제 2층, 밖에는 수많은 카메라와 기자들이 있을 거다. 딱 그 순간만 조심하면 된다.

요즘 정계에서 이진수, 그를 암 덩어리 수준의 악으로 취급하고 있지만, 그게 무슨 상관인가? 사람들은 이진수를 좋아한다. 출신 좋고, 정의롭고, 경찰 조사를 받았는데, 큰 건덕지 하나 나오지 않은 깨끗한 사람을 누가 좋아하지 않겠는가? 그러니 이제 그를 공격한다는 뜻은 자신이 더럽다고 말하는 것과 같았고 딱히 공격할 명분도 없었다.

아까 굼벵이 같던 엘리베이터는 눈 깜빡할 새 4층에 도착하고 이진수의 앞을 막고 있던 철문이 열리기 시작한다. 셀 수 없이 많이 보이는 커다란 렌즈와 유명 정치 인사들의 검은색 물결, 다들 슬픔에 잠긴 표정이지만, 그 속에서 웃고 있는 사람들이 대부분일 거다. 최창길이 없어지며 높은 자리 하나가 남게 되었으니 말이다. 그리고 최창길은 성격이 거지 같기로 유명해 그를 인간적으로 좋아하는 사람은 몇 없었다.

이진수는 슬픔에 잠긴 척 숨 한번 내쉰 다음 카메라에 눈길 한번 주지 않고 장례식장 안으로 들어간다. 꽃집보다 많이 걸려있는 꽃들, 복도까지 빠져나와 있는 구두, 최창길의 장례식은 이 건물 전체를 빌린 것으로 유명했다. 이진수는 조의금을 내고 웃고 있는 최창길의 영정 앞에 향을 피운다. 헌화를 하고 절을 한다. 그리고 묵념까지 한 후 옆에서 울고 있는 상주에게 정중히 인사하고 걸음을 옮긴다.

시끌벅적한 테이블, 이진수는 저 구석에 앉아 있는 최성진과 눈빛을 주고받으며 보이지 않는 인사를 한다. 그리고 여러 사람들과 악수를 하며 짧은 말을 주고받는다. 다들 앞에서 웃으며 고생 많았다고 말하지만, 뒤에 칼을 들고 따가운 눈초리를 보내고 있다. 그들이 이진수를 경계하는 이유는 최창길의 죽음 때문이다. 모두가 최창길을 죽인 범인을 이진수라고 생각하고 있었다.

이진수는 여러 칼날들을 피해 계속 발길을 옮긴다. 목적지는 저 구석에 홀로 있는 남자, 눈물은 보이지 않지만, 유일하게 울고 있는 남자, 이원택이다. 그의 얼굴에는 진정한 슬픔이 묻어있다. 이진수는 그의 앞에 앉으며 뚜껑만 따여 있던 소주를 든다.

"한잔 받으시죠."

이원택은 무거운 콧김을 내쉬며 잔을 들고 술을 받는다. 이진수는 그의 술잔에 술을 가득 채우고 이원택은 술병을 받아 빈 잔에 술을 따라준다.

"그만해라."

술잔에 넘치도록 술을 따른 이원택이 병을 내려놓으며 말한다.

"혹시 어떤 말씀이실까요?"

이진수는 잔을 들고 술을 흘려가며 말한다. 그의 말에 이원택은 다시 한번 콧김을 내쉬고 술잔을 들어 이진수와 잔을 부딪친다.

"딱 여기까지 봐줄게. 다 정리하고 천천히 올라와라. 얍샵하게 하지 말고."

말을 끝낸 이원택은 술을 마시고 빈 술잔을 내려놓는다. 이진수는 술을 마시지 않고 그대로 잔을 내려놓아 손에 묻은 술을 양복 재킷에 닦는다.

"무슨 말씀이신지는 모르겠지만, 봐주시면 저야 감사하죠. 그래서 아드님 마약 하신 것도 봐주신 건가요?"

그의 말에 이원택의 얼굴이 심하게 일그러지다 다시 슬픔으로 돌아온다. 그는 어떤 문제도 잡히지 않게 몸을 아꼈던 인물이다. 그렇다고 아예 깨끗한 사람은 아니었기에 가족 관리라도 철저히 했지만, 해외로 유학 가 있는 아들은 막을 방법이 없었다. 그나마 다행인 점은 아직 언론에 밝혀지지 않았다는 점이다.

"맞아. 아들까지 다 봐줬다. 진수야~ 나는 너를 걱정해서 해주는 말이야. 너 꼬꼬마 애기 검사 시절부터 봐왔던 사람인데, 여기까지 와서 무너지면 그렇잖아? 천천히 안전하게 올라오라고. 우리 아들은 미국 가서 마약 했다고 쳐도 철창 안에 있는 최창길이는 히로뽕을 어떻게 하나?"

"그러게요. 어떻게 했을까요?"

말끝에 이진수와 이원택이 동시에 소리 내어 웃는다. 최창길은 스스로 목을 매달아 죽었다. 하필 교도관의 순찰이 허술했고 부검 결과 몸속에서 마약 성분이 검출되었지만, 세상에 나오지 못했다. 당연히 모든 게 이진수와 관련이 있었고 그 사실은 이원택도 알고 있었다.

웃음 끝에 이진수는 말없이 잔에 담겨 있는 술을 마신다. 그는 지금 잔뜩 긴장해 있고 말을 제대로 하지 못하고 있다. 이원택은 엄청난 사람이다. 대통령 다음으로 힘이 강한 사람을 대보라고 하면 이원택은 거의 첫 순위로 나오는 인물이다. 과거 국무총리 자리에 앉아 있던 사람이고 현재 사실상 정계에서 손을 뗐다고 보지만, 그의 밑에 있던 사람들은 높게 올라와 그의 힘은 더욱 강해졌다.

"지금 여기 사람들이 너한테 겁을 먹었는데, 그 사람들이 겁먹었다고 빌빌 길 것 같아?"

이원택이 말한다.

"저는 무슨 말씀을 하시는지 이해를 못 하겠네요."

이진수가 술병을 들어 이원택에게 따라준다. 그는 겁먹은 사람들이 자신에게 빌빌 길 거라는 확신이 있다. 이진수가 공포만 심어 둔 게 아니라 그들의 약점도 잡고 있기에 겁을 먹은 그들은 이를 보이며 둘 수가 없다.

"딱 오늘까지다. 진수야, 더 이상 일 벌이지 마라."

이원택이 이진수에게 술을 따라주며 그를 노려본다. 이원택은 이진수가 멈추지 않고 계속 간다면 홀로 파멸할 거라고 확신했었다. 물론 최창길이 가만히 있었다면 그의 말이 맞았다. 하지만 그의 독단적인 행동으로 이진수가 아닌 최창길이 파멸의 길을 걸었고 당의 이미지는 물론 정치에 커다란 혼돈까지 불러들였다. 그러니 만약 이진수가 더 일을 진행한다면 이원택, 그도 가만히 있을 수만은 없는 노릇이었다. 그리고 가만히 당하고만 있을 성격도 아니다. 또한 이진수도 여기서 멈출 사람이 아니다. 이미 그만두기에는 너무 멀리 왔으며 멈추기에 아까울 정도로 세워둔 게 많았다. 희생도 많았기에 그는 절대로 멈출 생각이 없었고 멈출 거였다면 시작도 안 했을 사람이었다.

방금 몇 마디 나눈 대화로 이진수는 마지막으로 넘어야 하는 산이 이원택이라는 것을 확신했다. 넘을 생각조차 못 할 거대하고 험한 산이기는 하지만, 선택지는 넘는다는 것 하나뿐이다.

이진수는 술 몇 잔을 더 얻어먹고 자리에서 일어난다. 이곳에 더 있어 봐야 얻는 것도 없을뿐더러 괜히 겁먹은 사람들 들쑤셔 봤자 좋을 건 없었다. 먼 미래는 몰라도 지금 이곳에 그의 확실한 편은 많지 않으니 오래 머무를 자리가 아니었다.

복도에는 저 멀리 입구에서부터 인파에 막혀 식장 안으로 들어오지 못하는 사람으로 차 있다. 그리고 이진수는 그들 사이를 힘으로 파고들며 지나가고 그들은 이진수에게 따가운 눈빛을 보내 대놓고 싫은 티를 낸다.

이진수는 최창길을 반드시 죽여야 했지만, 그의 억지스러운 죽음이 작은 균열을 만들었다. 그 작고 미세한 균열 하나가 나중에 모든 문제의 시발점이 될 수 있었기에 걱정이 없었다면 거짓말이었다.

갑자기 불안을 느낀 이진수의 걸음은 오히려 가볍게, 속도는 무겁게 걷는다. 계단을 통해 지하 주차장에 도착하고 최성진의 차 안 조수석에 앉아 핸드폰을 꺼내 든다. 아까 차 안에서 시간을 확인했던 핸드폰과 다른 핸드폰이다. 그는 최성진이 장례식장에서 나오려면 한참은 걸릴 것 같으니 다른 일을 하려고 한다.

그의 계획의 최종 목표는 최성진의 대통령 당선. 그리고 계획의 진행도는 50%를 달려가고 있다. 최창길 일을 제외하면 아직까지 계획을 실패로 끌고 갈 문제는 전혀 없었으며 많은 변수가 있었지만, 모두 예상에 있었던 일이었고 예상하지 못했더라도 해결 가능한 선이었다. 그의 힘과 영향력이 커질수록 해결 가능한 문제의 범위도 점점 늘어났으나, 그 영향력과 힘으로도 어떻게 해결하지 못할 가장 큰 변수 중 하나가 박종혁이다.

"여보세요? 잘 돼가고 있나요?"

이진수는 들고 있는 핸드폰으로 누군가에게 전화를 걸어 말한다.

"예, 찾았습니다. 그놈 방금 집에 들어갔는데, 지금 합니까?"

"그럼 좋죠. 먼저 지금 핸드폰 잘 처리해놓고 들어가세요."

이진수의 말과 함께 전화가 끊긴다. 그는 핸드폰을 다시 주머니에 넣어두고 시트를 뒤로 젖혀 잠시 눈을 붙인다.

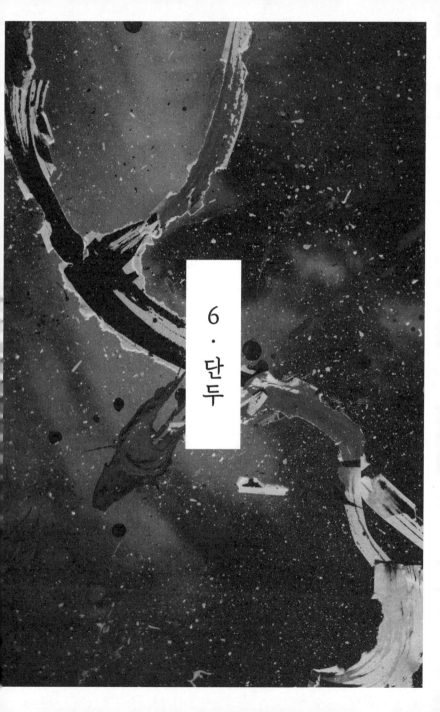

6 · 단두

나는 지금 막 집에 도착했다. 할 게 너무 없었고 적적하기도 했고 마음도 싱숭생숭해서 동네 한 바퀴 도는 김에 장을 보고 왔다. 장이라고 해봤자 물 한 병 사고 식빵 하나 사 온 게 끝이다. 구치소에서는 한 5일 전? 그때쯤에 나온 것 같다. 재판 일자는 잡혔었다. 그러나 갑자기 재판 자체가 소리소문없이 사라졌다. 이런 게 말이 되는지는 모르겠지만, 갑자기 모든 게 사라졌다. 갑자기 최창길은 자살했고 정신 나간 허명호와 이야기 좀 나누다가 며칠 자고 일어나니 몸 성한 곳 없이 멀쩡히 나왔다.

"저희는 이제 아무것도 몰라요."

허명호를 통해 이진수의 말을 대신 전해 들었다. 그의 말을 요약하자면 이러하다. 이진수와 나는 원래부터 모르는 사이였고 단한 번도 만나지 않았으며 나는 그냥 공장을 다니다 갑자기 집에서 쉬는 돈 많은 백수가 되었다. 수십억의 돈은 자고 일어나니 갑자기 생겼다. 아니면 나도 몰랐던 주식이나 코인이 있었다 뭐, 그런 식이다.

지금 내가 서 있는 집은 내일 밤까지 나가라는 말이 끝이다. 그냥 갑자기, 정말로 깔끔한 자유가 되어버렸다. 지금 내 상황은 '그냥', '갑자기'라는 단어를 사용하지 않으면 설명이 되지 않는다. 나도 뭐가 뭔지 이해가 되지 않는데, 다른 사람은 오죽하겠는가?

"이게 뭔 일이냐."

10년 묵은 백수 같은 모습으로 배를 긁으며 거실 한가운데에 서서 공허한 입맛만 다신다. 들고 온 물은 방구석에 잘 밀어 놓고 그 옆에 식빵을 두었다. 집 안은 정말 아무런 변화가 없었다. 그때 먹던 물도 그대로 있었고 매트리스나 흐트러진 이불도 전부 그대로였다.

"그럼 이제 뭐 하고 사냐?"

자리에 앉아 천장을 바라보며 생각 속으로 들어간다. 항상 보던 시멘트 천장과 다른 하얀색 벽지에 커다란 등이 보인다. 근데 둘 다 차가운 것 똑같다.

나는 돈이 많다. 지금 계좌에 박혀있는 돈, 빼돌려 숨겨놓은 돈과 금, 부모님에게 보냈던 돈을 합치면 족히 50억은 넘을 거다. 이제 나이는 30대를 달리고 있다. 하지만 충분히 젊은 나이 그리고 50억을 가지고 있으니 큰 욕심만 부리지 않는다면 평생을 행복하게 살 수 있다. 우선 고향인 구암으로 가서 건물 하나 산 후 월세를 받아먹으며 편안한 인생을 즐기자. 뭐, 나쁜 일도 겪었고 지옥에서 빠져나왔으니 작은 빵 쪼가리만 먹고 지내도 충분히 행복할 수 있다.

느긋하게 느껴지는 여유 속에서 작은 미소가 지어진다. 이 얼마만에 느껴지는 미소와 여유 그리고 행복인가. 이 모든 게 그리웠다.

"그래. 엄마, 아빠 얼굴 좀 보고 차도 사고. 아! 면허증."

운전 면허증도 하나 없는 실패한 인생이지만, 내 계좌에 있는 돈을 본다면 누가 실패했다고 말할 수 있겠는가? 내 인생은 실패한 인생이 아니었다.

집은 대충 20평짜리 아파트로 살 거다. 차는 면허만 따면 사는 거니 따로 생각은 하지 않는다.

'그럼 이제 여자친구도 만들어야 하나? 근데 어떻게? 지금 연락하는 이성 친구는커녕 동성 친구도 없고 선보는 시대도 아닌데?'

나는 행복한 동산 속에서 시간 가는지 모르고 생각에 빠져 있었다. 중간중간 동산에서 나올 때는 내일 떠날 짐을 싸놓았다. 그래 봤자 몇 벌 되지 않는 옷과 오늘 산 식빵을 가방에 넣은 것뿐이었다. 이제 당장 일어나 앞에 있는 검은색 가방을 등 뒤에 매고 나가기만 하면 된다. 다시 매트리스에 누워 행복한 동산 속으로 들어가려고 할 때 밖에서 들려오는 희미한 걸음 소리. 그것도 아주 희미한 걸음 소리. 누군가 일부러 발소리를 숨기기 위해 노력하는 듯 너무나 작은 소리다.

가끔 그럴 때 있지 않은가? 평상시 같으면 아무렇지도 않게 넘어가는 사소한 것이 어느 순간 싸한 기분과 함께 섬찟할 때 말이다. 그 섬찟한 느낌이 몸속 모든 신경을 건드리며 위험 신호를 보낼 때. 나는 지금 그 느낌을 밖에서 들리는 걸음 소리에 느끼고 있다. 아주 선명히, 당장 도망가라고 말이다.

'구두는 아니다. 운동화, 남자, 세 명 정도. 아니, 정확히 세 명.'

소리는 점점 가까워진다. 한 명만 걷는 속도가 유독 빠르다. 그리고 두 명이 그 남성을 뒤따라오는 그림. 뚱뚱한 사람이나 덩치가 있는 사람들은 아니다. 전부 선명하게 보인다.

"그들이 이 집으로 오고 있다!"

내 직감이 내게 말한다.

'그럼 어떻게 해야 하지?'

이곳은 8층, 떨어져서 도망치기 어렵다. 어려운 게 아니라 죽을 거다.

'아니, 아니. 우선 침착하자. 그냥 경찰에 신고하면 되니까. 근데 굳이 세 명이 나를 찾아왔다고? 그들은 이진수의 명령을 듣고 왔을 게 뻔하다. 그럼 경찰에 신고한다고 될까?'

그는 확실하게 잡힌 먹이가 아니면 사냥하지 않는다. 그 뜻은 지금 빠져나갈 구멍이 없다는 말이다. 즉 이미 나는 완벽히 잡혔다.

"안에 계세요?"

노크 소리와 함께 문밖에서 목소리가 들린다. 굳이 남성 셋이 나에게 찾아올 이유? 전혀 없다. 우선 대답은 하지 않고 아무도 없는 척을 한다. 그리고 빠르게 머리를 굴린다. 이 상황을 빠져나갈 수 있는 방법. 계속 들려오는 노크 소리와 남성의 목소리. 그 남성은 차분하게 말을 뱉지만, 시간이 갈수록 문을 치는 손에 힘이 들어가는 게 느껴진다. 나는 계속 머리를 굴려 보았지만, 아까 내가 말한 대로 빠져나갈 방법은 없다.

"아래층에서 왔는데, 저번부터 밤에 시끄러워서 잠을 못 잤어요. 잠깐 문 좀 열어봐요. 서로 얼굴 보고 이야기 좀 합시다."

어제 오후 8시 전에 잠들었는데, 갑자기 말도 안 되는 이유를 말한다. 그럴 수도 있다고 해도 아랫집에는 아무도 살지 않는다. 말투는 조선족은 아닌 것 같다. 그럼 이진수가 보낸 게 아닌가?

"후…"

'세 명 정도면 이길 만한가? 죽인다고 해도 도망가야 하나? 아니, 그냥 도망간다고 끝이 날까? 다시 화장실? 언제까지 숨어 지내야 하는데? 자유를 준다며! 시발! 이진수를 믿는 게 아니었는데,

그냥 그때 끝을 봤어야 했는데, 그냥 자수하지 말고 죽일 걸! 시발!!'

갑자기 밖에서 들리던 노크 소리와 말소리가 전부 멈춘다. 오랜만에 느껴지는 싸늘한 칼날이 내 목을 스쳐 간다. 거칠게 나오는 숨이 하얀 연기처럼 보이고 조금은 밝았던 집안이 이상하게 어스름해졌다. 내 시선은 굳건하게 닫혀있는 현관문을 보고 있고 귀와 모든 신경은 그 밖에 있는 남성들에게 가 있다. 몸이 바싹 마른다. 근육이 딱딱하게 굳고 목 뒤에 흐르는 서늘한 땀. 그들이 맨손이라면 이길 수 있다. 근데 마지막 운동이 언제였지?

덜컥.

도어락이 열리는 소리를 뒤이어 번호를 누르는 소리. 비밀번호를 아는 듯 막힘없이 여섯 자리를 누른다. 이제 도어락을 닫는 소리가 들릴 때 굳어 있던 몸이 풀리고 나는 있는 힘을 모두 짜내어 부엌으로 몸을 던진다. 싱크대 아래 서랍을 열어 식칼을 꺼내고 현관문은 빠르게 열리며 사람들이 들어온다. 나는 본능적으로 칼을 뒤로 강하게 휘두르며 몸을 돌리니 예상했던 세 명의 남성들이 조금은 두려운 눈빛으로 나를 보고 있다. 아니, 가운데 저 남성은 눈빛이 다르다.

잠시 흐르는 정적, 나는 바닥에 누워 싱크대에 몸을 기대고 손에 꽉 쥔 식칼, 세 명의 남성, 앞의 두 명은 손에 아무것도 없다.

심지어 장갑도 모자도 마스크도 없다. 나도 그들도 한치의 움직임도 없다. 그 뒤에 눈빛이 다른 한 남성. 앞의 사람들에게 몸이 가려져 머리만 둥둥 떠 있지만, 어깨 모양을 보아하니 양손으로 무언가를 들고 있다.

그 사실을 깨달았을 때 앞에 있는 두 남성의 사이로 빨간 소방 도끼가 높이 뜨며 내게 떨어진다. 도끼를 피할 틈이 없어 팔을 들어 막았고 두툼한 도끼날은 내 팔을 찢으며 박힌다. 정신이 조각나는 고통, 뿜어져 나오는 피, 목청이 찢어지는 듯한 비명, 내 얼굴로 날아오는 남성들의 발, 한 남성이 칼이 들려 있는 내 손을 잡아 부러트릴 기세로 꺾는다. 그리고 내게 도끼를 꽂은 남성이 내 얼굴을 짓밟고 팔에 박혀있는 도끼의 자루를 잡고 뽑는다. 도끼는 다시 하늘 위로 올라가 멈추지 않고 얼굴로 떨어진다.

"어차피 결과는 돌고 돌아 정해져 있다니까요. 종혁 씨."

'성수동 도끼 살인 사건'이 끔찍한 사건은 층간소음으로 인한 우발적인 살인 사건으로 신문 1면을 장식했다. 정신질환이 있던 한 남성이 위층에서 들리는 층간소음에 분노를 참지 못했고 지인 두 명을 불러 음주 후 살해를 저질렀다. 살해 도구는 소방 도끼, 가해자는 이미 사망한 피해자의 목까지 잘라 사건은 더욱 관심을 받았다. 세 명의 가해자들은 모두 현행범으로 잡혀 재판을 기다리고 있다.

"이런 거는 이번이 마지막이에요. 다시는 못 해요."

AO 방송국 박오찬이 종이 한 장을 유리 테이블 위에 올려두며 말한다. 그리고 이진수는 그에게 엄지를 치켜세우며 미소를 보낸다.

"진짜 죄송합니다. 그래도 따로 새어 나갈 것도 없고 조사 결과도 뉴스 그대로 나올 겁니다. 사례는 제가 섭섭하지 않게 드리는 거 아시잖아요."

박오찬은 인상을 쓰며 딴청을 피우지만, 입가에 미소는 버리지 못했다.

박종혁이 아무도 모르게 숨겨두었던 현금과 금은 절반만 회수가 되었다. 그 나머지 절반은 아무리 찾아도 나오지 않아 반 포기 상태였고 그가 부모님에게 보낸 돈은 그냥 두기로 했다. 조의금 같은 느낌으로 말이다.

"그럼 나중에 좋은 소식과 함께 식사 한번 하시죠."

이진수는 말과 함께 자리에서 일어나고 박오찬은 그와 맞추어 몸을 일으켜 허리를 굽힌다. AO 방송국은 대한민국 3대 방송국 중 하나로 정치색 짙은 걸로 유명하다. 박오찬은 그곳에서 높은 직급에 앉아 있는 인물로 곧 국장의 자리에 앉을 사람이다. 당연히 그 자리에 앉을 수 있게 큰 도움을 준 인물은 이진수였다.

이진수는 천천히 방송국의 복도를 걸으며 생각에 빠진다. 이제 박종혁은 죽었다. 하루아침에 술 먹은 정신병자에게 목이 잘려 죽은 사람이 되었다. 집의 명의는 박종혁, 이진수가 몰래 그의 명의를 빌려 샀었다.

박종혁이 죽으며 뉴스에 올랐을 때 신상 공개는 되지 않았으니 아무도 사건의 피해자가 박종혁인 것을 모른다. 최창길도 자살했고 김필정도 죽었다. 김성국도 말이다. 이제 이진수의 더러운 과거를 정확히 아는 사람은 없다. 그리고 가장 더러운 계획에 있던 사람은 대천의 김태웅이 남아 있지만, 그를 죽일 생각은 없다. 누구보다 말을 잘 듣고 막대한 자금을 바치는 유일한 인물이기 때문이다.

최창길의 사망 이후 사회는 온통 정치 욕뿐이었다. 정치 깡패, 자식들의 대학 부정 입학, 가족 탈세, 마약, 접대, 음주운전 등등 이미 묻혀 버린 사건이 다시 떠오르고 새로운 자극 거리들이 파헤쳐지고 있었다. 그러니 서로 물어뜯기 바빴던 정계는 죽은 듯이 조용했다. 뭘 해도 욕먹는 시기에는 그냥 가만히 있으면 시간이 모든 걸 해결해 주었으니 모두가 같은 선택을 하였다. 그리고 불같은 대통령의 뜨거운 입김도 한 수 두었다. 그 시기에 이진수는 박종혁을 죽이며 정신질환, 음주, 층간소음, 살인, 투기 등등 자극적인 종합 이슈를 선물하며 여론을 다른 곳으로 돌렸다.

이진수는 정치와 언론 이야기는 끝을 내고 최성진으로 생각을 옮긴다. 최성진은 지독한 겁쟁이다. 그러니 나쁜 짓은 눈에 담지도 않았다. 뒷돈이나 접대는커녕 일 외에는 사람을 만나지도 않았다. 직접 나서서 위험한 일을 하지도 않았고 위험한 것 같으면 처음부터 뒤로 빠져 있었다. 지독한 겁쟁이지만, 오히려 그 성격을 가리기 위해 이진수와 첫 만남에서 강하게 다가왔다. 어쨌든 요점은 최성진은 정계 사람들 중에서 유일하게 더러운 짓을 한 번도 하지 않았다. 아무리 탈탈 털어도 먼지는커녕 뭐하나 나오지 않을 사람이라는 말이다. 그러니 이진수가 그를 고른 것이고 아직도 그 선택에 대해 후회는 하지 않는다. 하나 있는 걱정은 예전에 말했던 것, 그는 줏대가 없다. 항상 누군가에게 의지하고 그 의지자가 끌어줘야 하는 사람이다. 그리고 현재 최성진이 의지하고 따르는 사람은 이진수, 그것은 좋은 상황이다. 하지만 이진수의 입장에서는 최성진을 대통령 자리에 앉혀야 하고 대통령이 된 최성진이 그때까지도 홀로 아무것도 하지 못한다면 큰 문제가 된다. 그런 최성진의 성격이 계획에 큰 차질을 일으킬 수도 있으나 괜찮다. 안전장치는 최대한 많이 만들어 놨고 최성진을 대체할 사람도 없기 때문에 절대로 실패해서도 안 된다.

이진수가 방송국을 떠나고 시간은 막힘없이 흘렀다. 계절은 여름에서 겨울을 지나 다시 꽃이 피기 시작했다. 그사이 큰 정치적 사건은 없었다. 박종혁의 사망으로 여론이 눈길을 돌리자 다들 정치적 안정의 시기를 기다렸다. 이진수도 조용히 지내는 것처럼 보였으나 계속 작은 일들을 해왔고 모두 깔끔히 마무리했다. 그의 사람들은 더욱 많아졌고 다들 그를 절대적으로 신뢰했다. 이제 공포로 사람을 굴복시키지 않고 그의 이름 석 자만으로 사람을 끌어들일 수 있는 수준까지 왔고 탄탄한 힘의 기반이 완성되었다. 그의 힘이 점점 커질수록 당연히 정계 사람들은 이진수가 무슨 짓을 벌이고 있는지, 최성진과 같이 손을 잡고 있다는 사실을 건너 건너 들을 수 있었다. 모든 사람이 자신을 알게 되자 오히려 이진수는 숨김없이 대놓고 일을 진행했고 그렇다고 그를 막을 수 있는 사람은 없었다.

현재 시간은 목요일 오전 9시, 높은 곳에 자리 하나씩 맡고 있는 사람들이 복도에서 만나 서로 악수와 함께 인사를 나누고 있다. 10분 뒤에 당 회의가 있고 사람들이 북적이는 저 중간에 나름 어깨를 펴고 있는 최성진도 보인다. 이름은 당 회의지만, 실상은 진정한 실세들의 복귀, 정확히는 감옥에 갇혀있던 어르신들의 복귀 인사였다.

몇 년 전 이진수가 감옥으로 보낸 세 명의 어르신 중 두 명이 지난주에 출소하였고 아직 한 명은 갇혀있지만, 그래봤자 몇 개월 남지 않았다. 이진수가 어르신들을 감옥으로 보내고 당 사람들 사이사이에 힘을 뻗었으나, 직접적인 행동은 하지 않았으며 어느 누구도 비어있는 어르신들의 자리를 넘보지도 않았다. 그러니 어르신들의 복귀는 최성진 그리고 이신수에게 붙어먹은 모든 사람들을 잔뜩 긴장하게 만들었으며 특히 최성진은 카메라 앞에서 직접 어르신들을 비판했던 사람이었으니 당 회의를 무시하고 도망가고 싶을 정도였다.

뱀처럼 기다란 회의 테이블에 사람들이 하나둘씩 앉기 시작한다. 최성진은 그들의 사이, 중간 자리에 앉는다. 마지막으로 이제 막 출소한 어르신들이 회의실에 들어와 테이블 가장 끝자리에 앉고 회의를 시작한다. 정치적으로 혼란스러운 시기가 어느 정도 안정되었으니 앞으로 당의 방향은 어떻게 가야 하고, 누구는 저렇게 해야 하고, 다음 주에 뭘 할거고, 돈은 어떻고 하는 지루하고 형식적인 회의가 진행된다. 그리고 다음으로 넘어간 주제는 선거 이야기, 반년 후에 총선이 있고 그다음 해에는 대선이 있기 때문이다.

"거기 최성진이는 선거 나갈 거지?"

어르신 중 한 명인 위국현이 아까부터 입을 꾹 다물고 있던 최성진을 가리키며 말한다.

"아… 예, 나가는 봐야죠."

갑작스럽게 날아온 말에 최성진은 깜짝 놀라고 주변 눈치를 살펴보며 말한다. 회의실 모든 사람들은 그에게 집중하고 있고 정확한 느낌은 알 수 없지만, 확실한 건 그를 무시하고 깔보는 눈빛은 아니다. 옛날부터 최성진은 뭐하나 잘난 점은 없었지만, 못난 점도 없었다. 그리고 그의 형, 최성건이 워낙 유능했고 이미지도 좋아서 최성진은 그의 동생이라는 이유만으로 지지하는 사람이 많았다. 또한 정계 사람들 중에서 연예인급으로 잘생겨 입당 초기부터 당에서 사람을 내세울 때는 항상 얼굴을 보였고 그로 인해 한 일은 하나도 없었지만, 선거에서 항상 당선되는 이상한 인물이었다. 심지어 근래 들어서는 가뜩이나 좋았던 이미지가 올바르고 잘생긴 정치인이라는 구체적인 이미지로 박혀 선거 날 죽지 않는 이상 당선은 따 놓은 당상이었다.

"그래. 당연히 나가야지. 최성건이는 잘 지내지?"

"예, 아직도 팔팔하십니다."

위국현는 고개를 끄덕이며 최성진과의 대화를 끝낸다. 방금 정말 짧은 대화, 서로 두 문장씩 주고받은 이 짧은 대화에는 큰 뜻이 담겨 있다. 여기 앉아 있는 사람들 중 선거에 나가는 사람이 절반 이상인데, 굳이 최성진만 콕 집어서 이야기한다는 것은 위국현이 그를 눈여겨보고 있다는 뜻이다. 그가 과거 어르신들을 욕했고 현재 이진수의 심부름꾼 역할이며 뭐하나 똑똑한 면도 없지만, 그게 중요한가? 사람들이 최성진을 좋아한다면 당에서도 그를 밀어주는 게 맞다. 지금 앉아 있는 두 명의 어르신들도 같은 생각이고 방금의 대화로 여기 회의에 참석한 모든 사람들도 알아들었다.

그다음 위국현과 대화를 한 사람은 안석현. 그는 전 수원 시장이자 현 대학교수 겸 공석이었던 당 대표를 맡고 있는 사람이고 차기 대통령감 하면 첫 번째로 이름이 나오는 사람들 중 한 명이다. 다들 어르신과 안석현, 그 둘의 대화를 지켜보고 있고 가끔은 최성진과 눈을 마주친다. 다들 그를 의식하고 있다. 최성진은 지금 같은 상황을 부담스러워하지만, 뒤에 이진수가 있으니 안심하며 견디고 있다.

안석현 다음 백정환이라는 의원과 대선에 관한 이야기를 나누고 대선 이야기는 끝을 낸다. 그리고 각자 의견을 내며 밖에 여론이 어찌 돌아가고 있고 대선에서 여당은 누가 나올 것 같으며 어떻게 행동할지 이야기를 나눈다. 그렇게 대선 관련 이야기만 세 시간을 넘겨 끝이 나고 중요한 회의가 마무리되자 어르신들은 자리에서 일어날 준비를 한다.

"노인네들은 여기서 일어나야지."

어르신들이 자리에서 일어나자 나머지 사람들도 전부 일어나 그 둘을 배웅해준다. 회의실의 문과 가장 가까이 있는 사람이 닫힌 문을 열어주고 어르신들은 천천히 걸음을 옮기며 나간다. 그 둘은 이제 자신들의 힘이 낡은 것을 잘 알고 있다. 감옥도 갔다 왔고 나이도 너무 들었다. 그리고 가장 중요한 것은 아래에서 그들의 자리를 넘보는 거물들의 몸집이 너무 커졌다. 그러니 중요한 이야기만 끝내고 다음 세대에게 자리를 건넨 것이었다.

어르신들이 나가고 문이 닫히자 의자가 끌리는 소리와 함께 모두가 자리에 앉는다. 그러나 아무도 선뜻 말을 꺼내지 않는다. 누군가의 헛기침과 계속되는 정적.

"일없는 사람들은 날씨도 좋은데, 커피 한잔하고 와~"

박경수가 문 쪽에 앉아 있는 당원들에게 말한다. 그리고 당에서 서열이 낮은 사람들은 눈치껏 알아서 일어난다. 최성진도 주변을 둘러보며 자리에서 일어나려고 하자 옆에 앉아 있던 의원이 그의 손목을 잡아끌어 내린다. 그는 순간 당황했지만, 눈치는 있었기에 조용히 엉덩이를 의자에 붙인다. 일어난 사람들은 앉아 있는 사람들에게 허리 숙여 인사를 드리고 밖으로 나간다. 그렇게 나갈 사람은 나가고 남을 사람만 남은 회의실. 다들 한 자리씩 꿰차고 있는 사람들이라 회의실의 분위기가 상당하다.

"다들 나갔으니까 이야기할 건 당당히 하죠. 이진수 이대로 가만히 둘 겁니까~?"

박경수가 장난스럽게 말을 길게 늘어트리며 말한다. 그리고 최성진에게 시선이 쏠리다 바로 흩어진다. 모두 박경수의 말대로 이진수를 하나에 걸림돌로 생각하고 있기는 했다. 정확히는 걸림돌은 아니다. 어찌 보면 그는 이 당을 위해 열심히 일하는 것이기도 했다. 하지만 이진수가 당을 집어삼키는 것은 또 반대였다. 어디 정치물도 못 먹어 본 놈이 자신들의 위에 서냐며 불평하는 사람부터 그냥 이진수를 꼴 보기 싫어하는 사람 그리고 그가 당을 말아먹을 거라는 사람도 있었다. 그와 반대로 그를 믿는 사람들도 꽤 많았는데, 대표적인 사람이 바로 방금 말을 뱉은 박경수다. 저번에도 말했듯이 그는 상황의 흐름을 타는 재주가 기가 막혔고 그를 따라 지금의 자리를 오른 사람들이 이 자리에 꽤 많았다.

"어떻게 보고만 있을 수는 없죠?"

방금 말을 뱉은 사람을 시작으로 이진수를 거부하는 사람들이 입을 열기 시작한다. 그를 쳐내야 한다, 지금이라도 그의 싹을 밟아야 한다, 정치의 정자도 모르는 사람인데, 그를 믿을 수 있냐 등등 그를 비꼬며 욕하는 소리와 함께 따가운 시선은 최성진에게 향한다. 박경수를 포함한 이진수라는 줄에 탄 사람들도 아무 말 없이 최성진을 바라보고 있다. 물론 최성진도 그들의 눈빛을 알고 있고 가슴이 부담감으로 부풀어 오르며 뛰기 시작한다. 그리고 자신이 지금 같은 상황을 이겨내야 한다는 것도 잘 알고 있다. 이진수가 그렇게 말했기에 더욱더 잘 알고 있다.

최성진은 주변을 한번 둘러보고 자신을 쏘아보는 눈빛을 확인한다. 긴장돼서 딱 붙은 입이 떨어지지 않는다. 하지만 그도 머리가 뛰어난 사람이고 나름 국회의원이다. 또한 이진수가 선택한 사람이다. 그냥 동네 바보가 아니라는 뜻이다.

"어… 여기서 이진수 돈 안 받아먹은 사람 있습니까?"

최성진은 조심스럽게 말을 뱉으며 주변을 둘러본다. 대부분의 사람들은 그와 눈을 피한다. 눈을 피하지 않은 사람들도 이진수에게 무언가 받아먹지는 않았지만, 연락이 가 있는 사람들이다. 단 한 명을 제외하고 말이다.

"그럼 여기서 이진수랑 밥 한번 안 먹은 사람은요? 약점 안 잡힌 사람? 그놈이랑 엮이지 않은 사람 있습니까?"

최성진은 점점 목소리를 키우며 분위기를 휘어잡으려고 했으나 그게 말처럼 잘되지 않는다. 분위기는 잡지 못했으나 다른 사람들의 불편한 마음은 잡았는지 다들 고개를 아래로 내리깔거나 돌린다. 헛기침하고 코를 먹으며 그들의 입에는 찝찝한 정적만 묻어있다. 그리고 안석현은 고개를 푹 내리깔고 테이블을 손가락으로 톡톡 치며 입을 벌린다.

"그래서 그 새끼를 꼭 족쳐야지."

그는 이진수를 심히 안 좋게 보는 사람 중 한 명이다. 그는 정석을 좋아하고 예의도 끔찍하게 좋아한다. 그러니 당연하게 이리저리 찌르고 죽이고 약점 잡아 흔들며 치사하게 올라온 이진수를 곱게 볼 리가 없었다. 물론 이진수도 그런 점을 너무나도 잘 알고 있었고 가장 처음으로 돈을 먹였던 사람 중 한 명이다. 안석현은 이진수가 검사 시절 대천을 뒤엎을 때쯤 그에게 돈을 받아 두 아들에게 아파트를 사줬다. 물론 그때는 이진수가 어떤 계획을 세우고 있는지 몰랐고 몸집이 이리 커질지도 몰랐다. 그리고 그게 약점으로 돌아올지는 더더욱 몰랐었다.

"여기서 이진수에게 돈 안 받고 밥 한번 안 먹은 사람? 없지! 그 새끼한테 약점 하나 안 잡힌 사람 없다고! 그러니까 다들 찍소리도 못하고 가만히 있는 거 아니야? 다들 달달한 거 하나씩 입에 물었으면서 뭘 할 수 있겠다고 그래. 지금 좋게 굴러가고 있는 거 좋다는 말이야. 근데 믿을 수 있는 거야? 언제까지 이럴 줄 알고? 세상 굴러가는 게 사람 한 명으로 쉽게 쉽게 되겠냐? 최성진이 너도 약점 잡혀서 그 새끼 똥꼬 빨고 있는 거 아니야?"

안석현은 불안한 마음에 고개를 번쩍 들고 소리를 내쳐본다. 차기 대통령 후보로 거론된 사람이 지금 똥 묻은 돈 하나 잘못 먹어서 모든 게 물거품이 될 수 있으니 그럴만하다. 그리고 돈만 받아먹은 게 아니라 불안은 배가 되었고 최창길의 결말을 보고 난 후에는 배가 된 불안이 확신으로 변했다.

"음… 맞습니다. 약점은… 솔직하게 톡 까놓고 말하겠습니다. 저도 약점 하나 크게 잡혀서 그 새끼 꼬붕으로 지내고 있는 거 모르는 사람 없을 거라고 생각합니다. 저도 그 새끼 밑에서 맛있는 거 많이 얻어먹었어요. 그래서 끝낼 거라면 힘을 보태겠습니다."

최성진은 분하지 않지만, 분한척하며 말한다. 당연히 그의 말은 거짓말, 딱히 이진수에게 약점이 잡혀 있지 않다. 그리고 그에게 아직 얻어먹은 것도 없다. 박경수는 그런 최성진을 이상한 눈빛으로 본다. 그는 최성진이 잡힐 약점이 없는 것을 알고 있었기 때문이고 그가 굳이 이진수를 배신할 이유가 없는 것도 알고 있다.

"그래! 최성진이가 짬 좀 먹더니 머리가 착착 돌아가네."

안석현이 손가락을 튕기며 말한다. 그리고 최성진은 숨 한번 깊게 내쉬며 계속 차오르는 긴장을 내보내고 입을 뗀다.

"그럼 이제 남아 있을 사람들만 남읍시다."

약간의 긴장을 내보낸 최성진이 고개를 한번 쓱 돌려 모든 사람들과 눈을 마주친다. 그러니 다들 눈을 딴 곳으로 돌리거나 헛기침하고 서로 눈치를 보며 의자 위에서 일어나 밖으로 나간다.

"잘들 해 보십쇼."

백정환이 가장 마지막으로 자리에서 일어나며 말한다. 그는 충분히 자리에 남아 있을 만한 힘이 있지만, 이진수에 관해서는 관심이 없는지 회의실을 나간다. 그렇게 남은 사람은 세 명. 안석현, 최성진, 박경수.

"뭐, 일 없으십니까?"

안석현이 묵묵히 자리를 지키고 있는 박경수에게 말한다. 박경수는 고개를 뒤로 빼서 텅 비어있는 회의실을 살펴본다.

"금요일은 내일인데, 다들 바쁜가 보네요?"

그는 일부러 아무것도 모르는 척 장난스럽게 말한다. 하지만 안석현은 지금 그의 농담을 받아줄 기분이 아닌지 인상을 굳힌다. 그는 박경수가 이미 예전부터 이진수 쪽으로 붙은 걸 알고 있기에 지금 자리에 남아 있는 것을 불편하게 느끼고 있다.

"에~ 헤이, 안 대표님 왜 그러실까? 저도 상황을 봐야죠. 지금 나보다 20년 젊은 새끼한테 남은 정치 인생을 걸었는데, 여기 있는 두 사람한테 잡힐 정도면 저도 힘을 보태서 빠르게 쳐내는 게 좋지 않을까요?"

그의 말에 안석현은 기분이 더욱 안 좋아진 듯 인상을 구기지만, 반대로 이해한다는 듯 고개를 끄덕인다.

"저도 말 좀 붙이자면, 아까 이진수에게 약점이 잡혀 있거나 무섭다는 말은 거짓말입니다. 그때 상황이 그래서 이해 좀 해주시면 감사하겠습니다."

최성진이 분위기를 타며 말을 뱉고 안석현과 박경수의 표정을 읽어 본다. 하지만 그는 누구처럼 상대에 눈빛만 보고 생각과 감정을 읽는다든가, 사람을 순간적으로 완벽히 분석한다는가, 완벽한 살인을 하는 초능력 비슷한 능력은 없다. 없는 게 당연한 거다. 하지만 그는 있어 보이는 척을 한다. 얕잡아 보이지 않게 말이다.

"저도 박경수 의원님 말대로입니다. 솔직히 지금까지 해온 일이나, 나중에 벌어질 일을 보았을 때 좋은 길만 걸을 게 보입니다. 하지만 여기서 사람들이 머리 굴려서 나가떨어질 사람이라면 지금 쳐내는 게 맞다고 생각합니다. 높이 떨어지면 더 아프지 않겠습니까?"

최성진은 말을 잠시 끊고 안석현을 본다.

"대표님, 이진수가 도와준다고 하지 않았습니까? 자녀분들 집하나씩 해줬다고 들었습니다."

그의 말에 안석현의 표정이 순간적으로 심하게 구겨진다. 최성진의 말이 정곡을 찔렀다는 뜻이다.

"자녀분 집은 옛날에 받았다고 들었습니다. 그리고 이진수가 도와준다고 했을 때 거절하셨고…"

"그래. 시부랄 내 입으로 말한다. 이미 집에 돈까지 받아먹은 마당에 미친 여편네는 돈에 똥 묻은 것도 못 알아보고 매달 마사지 받으며 가방에 돈을 쑤셔 넣는데, 내가 어떡하냐? 그러니까 그 새 끼가 그거 물고 휘두르기 전에 자르자는 이야기지."

안석현이 쓴웃음을 지으며 말한다.

"안 대표, 상황 안 좋은 거 다 알았어. 그 새끼 쳐내자고 앞장서서 말한 사람이 뭔가 계획은 생각해뒀겠지."

이번에는 박경수가 안석현에게 말한다. 그러나 안석현은 답답한 한숨만 내쉰다. 최성진은 별말 하지 않고 입을 꾹 닫은 채 그의 대답만 기다리고 있다.

"하… 씨… 뭐… 지금 와서 빨갱이다 뭐 했다 하고 보내는 시대도 아니니까…"

그는 말을 제대로 끝내지도 못하고 머리만 긁는다. 박경수는 그의 반응을 보며 혀를 찬다. 그리고 긴장감을 숨기지 못한 최성진 쪽으로 고개를 돌린다.

"성진이가 이런 건 가장 잘 알지 않나? 이진수 약점 같은 거? 지금 몇 년째 옆에서 따라다니고 있는데, 뭔가 하나는 알겠지."

"죄송하지만, 저도 아는 게 아예 없습니다. 알고 있었다면 진작에 말씀드렸겠죠."

최성진이 말한다.

"아니면…"

안석현이 깊은 고민 속에서 입을 떼고 나머지 두 명이 그에게 집중한다. 그러나 그의 입은 다시 닫히고 짧은 시간이 흐른다. 방 안을 가득 채우는 정적과 한숨 하지만 박경수, 최성진 모두 안석현에게 집중하고 있다. 안석현이 이진수를 쳐낼 방안이 없다면 이진수를 막을 사람은 없다.

"어차피 이진수 그 새끼 정치권 사람이 아니잖아? 시부랄 괴물 새끼도 아니고 사람 몇 명 등 돌리게 하면 나머지도 다 돌릴 거야. 그럼 그냥 모래성이지. 안 그러냐?"

인상을 쓴 안석현이 최성진에게 턱짓으로 말을 넘긴다.

"지금 정치, 언론, 종교, 기업, 손이 안 뻗은 곳이 없어요. 옛날에는 약점 하나 잡아서 억지로 끌고 왔지만, 지금은 이진수 이름만 들어도 빌빌 기는 사람이 많습니다. 떨어지는 물이 그냥 꿀물이 아니거든요."

최성진은 말을 끝내고 안석현에게 말을 보낸다.

"그러니까! 그 정치든 언론 애들이든 서로 연결해서 얻어먹는 거잖아. 걔네들이 서로 계약서 쓴 거는 아닐 거고 믿음이랑 힘 보고 하는 건데, 그럼 거기 연결점에 트러블을 주면 아까 말했듯이 모래성이지. 내 생각에는 이진수 그놈이 그리 신용도가 높은 놈이 아니야. 여기 바닥이 좀만 아닐 것 같으면 바로 버리잖아? 어떻게 생각하나?"

다시 최성진에게 턱짓으로 말을 넘긴다.

"대충 이간질하겠다? 그 말씀 아니십니까?"

최성진이 다시 그에게 말을 넘긴다.

"말이 조금 유치하긴 한데, 맞지. 아무리 생각해도 이 방법만 남은 것 같고 안되면 힘으로 찍어눌러야지. 그러니까 될 거 같냐고!"

이번에는 최성진과 박경수 모두에게 짜증 섞인 신호가 간다.

"그거는… 지금 저는 확답을 못 드리겠습니다."

안석현의 짜증에 눌려 최성진은 말을 잘 뱉지 못한다. 하지만 그의 계획이 그리 마음에 들지 않는 듯하다.

"될 것 같지도 않은데, 그렇게 애들이 흩어질 거였으면 처음부터 잡지도 않았겠지. 걔네가 바보들이냐?"

박경수도 안석현의 계획을 좋게 받들어 주지 않는다.

그 이후 여러 가지 계획들이 나왔지만, 조금만 생각해도 모두 막힐 게 뻔히 보였고 여러 이야기가 돌고 돌고 나온 결과는 이진수의 고립, 정치권에서 힘이 강한 사람 중 한 명인 안석현이 움직인다면 모두가 겁을 먹고 이진수를 버릴 거라는 그의 생각이었다. 처음 말했던 계획과 다른 점은 없었고 박경수와 최성진은 동의하지 않았지만, 안석현이 그렇게 할 거라고 몰아붙였다.

"그리고 말씀 좀 드리자면 실패 하셔도 괜찮습니다. 제가 이진수에게 잘 말해 보겠습니다."

모두가 자리에서 일어나기 직전 최성진이 말한다. 그리고 그의 말에 안석현이 또 인상을 푹 쓰고 다시 의자에 앉는다.

"그게 뭔 소리냐?"

"아니, 저는… 걱정하시지 말라는 말씀이죠…"

최성진은 말을 얼버무린다. 그가 이러는 이유는 화가 나거나 상대방에게 심리적인 거짓 정보를 주기 위해서가 아니다. 안석현은 차기 대통령 후보에 오를 만큼 엄청난 사람이자 정치권에서는 이름만 들어도 모두가 고개를 숙일 정도의 힘을 가진 사람이다. 그러니 감히 최성진이 그를 챙겨주듯 말할 수 있는 존재가 아니라는 뜻이다. 최성진은 이진수처럼 깜냥이 큰 사람이 아니다. 그냥 간단하게 말하자면 안석현이 화난 것처럼 반응하자 너무 겁을 먹어 심장이 터지기 일보 직전이다.

"최창길 어떻게 됐는지 보셨지 않습니까? 이거 이진수가 처음부터 판 짜고 그렇게 만든 건데, 언론에는 최창길 자살로 끝났습니다. 산에서 나온 유골은 신원확인도 제대로 안 했고, 이번에는 아예 대놓고 이진수를 칠 건데, 안 되면… 그냥… 그러니까 제가 잘 말하고 그냥… 기분 나쁘셨다면 죄송합니다."

그의 긴장이 풀리는가 싶더니 더 강하게 조여지며 또 말을 얼버무린다.

"시부랄~ 최성진이 많이 컸네?"

안석현이 귀엽다는 미소를 지으며 최성진을 무섭게 노려본다. 이진수를 등에 업고 기세등등한 최성진이 심히 거슬렸기 때문이다.

"느그 형은 몰라도 너는 씨…"

그는 말을 끝내지 못하고 웃음을 터트린다. 최성진은 얼굴에 힘을 빼고 감정을 드러내지 않기 위해 노력하고 있지만, 이미 몸은 땀으로 젖어있는 상태였고 옆에 박경수도 이유 모르게 조용히 웃고 있으니 당장 숨이 막혀 죽을 지경이었다.

"시부랄, 너 때문에 마음이 좀 잡힌다."

안석현은 자리에서 일어나며 최성진을 손으로 콕 집는다.

"필요한 정보 있으면 연락주십쇼. 도와드리겠… 습니다."

조용히 덜덜 떠는 최성진은 가만히 앉아 힘겨운 말을 뱉는다.

"엉~ 다음에 보자."

대답은 박경수가 대신하고 안석현과 함께 밖으로 나간다. 홀로 남은 최성진은 의자에 몸을 축 늘어트리고 숨을 내뱉는다. 어찌저찌 상황은 잘 넘어갔고 문제는 없어 보인다. 그리고 지금 그의 머릿속에 가득 찬 사람은 이진수.

이진수, 그는 안석현과 박경수를 포함한 여야당의 거대 인물들, 언론, 연예, 기업, 종교 등등 각 분야의 머리들과 단신으로 만났고 대부분은 그에게 굴복하거나 얌전히 있기로 약속한 상태이다. 방금 겨우 말 거드는 일 정도를 버겁게 끝낸 최성진에게는 이진수가 대단하게 보일 뿐이었고 이제는 그에 대한 경이로운 존경심이 만들어지고 있었다.

회의 이후 시간은 흘러 총선이 코앞으로 다가왔다. 이제 최성진은 아침 일찍 일어나 팻말을 들고 오후에는 시장을 한 바퀴 돈 다음 당 사람들과 카메라 앞에서 밥 한 끼하고 트럭을 몰고 다른 지역을 돌기 반복했다. 언론에 웃는 얼굴을 비치고 인터넷에 나와 재미난 농담을 재치 있게 받아들이며 나쁜 것은 나쁘다고 주저 없이 말했다. 물론 이런 위험한 짓을 할 수 있던 이유는 뒤에 이진수라는 거대한 기둥이 그의 등을 받쳐주고 있기 때문이었다.

박경수는 선거철이지만, 딱히 선거에 관련해서 일하지 않았다. 그는 이제 욕심도 야망도 없이 지금의 자리도 만족하는 사람이기에 죽어가는 어르신들의 대우만 해주며 자신의 입지를 굳혀나가는 것에 집중을 두었다. 적도 그리 많지 않았고 딱히 그를 건드릴 사람도 없었다.

안석현은 바쁘게 지냈다. 그러나 선거와 관련해서는 그냥 몇 마디 조언과 계획을 수정해 줄 뿐 중요한 일에는 참여하지 않았다. 그가 바쁜 이유는 이진수, 그를 쳐낼 계획을 진행하는데 대부분의 시간을 쓰고 있었으나 또 대선도 점점 다가오니 슬슬 이진수보다 백정환이 눈에 걸렸다.

다들 총선 때문에 바쁘긴 해도 내년에 있을 대선 후보에 관한 이야기는 흘러가는 말속에서 한마디씩 나왔고 대부분은 백정환의 이름이 나왔다. 우선 커리어나 이미지, 여론을 포함한 종합적인 것을 간단히 따져보았을 때 백정환이 안석현보다 좋았으며, 상대 당에서 나올 거라고 예상되는 강석필과의 힘 싸움도 백정환이 할만하다는 분석이었다. 하지만 백정환은 대통령은커녕 지금 있는 높은 자리도 원하지 않았던 사람으로 큰 야망은 이미 옛날에 버린 박경수와 같은 결이지만, 지금 모든 사람의 등쌀에 밀려 대선에 나갈 상황이었다. 그리고 이런 상황을 가장 싫어하는 사람은 당연히 안석현이었고 점점 이진수 없이는 대선을 나가지 못할 상황이 다가오고 있었다. 그렇다고 미낭 그의 힘을 빌릴 수는 없었다. 그것은 악마와 하는 계약과 같아서 한번 그의 힘을 빌리면 헤어날 수가 없을 게 뻔히 보였고 당연히 이진수는 상황을 알고 입을 벌려 기다리는 중이었다.

시간은 계속 흘러 총선이 끝났다. 결과는 여소야대. 근래 동안 거대한 두 당에서 최창길 사건을 비롯한 여러 사건들이 연달아 터지는 바람에 국민들은 여당이 아닌 야당과 무소속 후보에 관심을 가졌고 여당의 의원들이 대거 낙선했다. 그렇다고 안석현이나 박경수가 있는 제1 야당 인물도 그리 많이 뽑히지 않았다. 하지만 가장 중요한 것은 최성진이 당선되었다는 사실이었고 그 일은 이진수를 제거하고 싶은 안석현의 마음을 조금 돌렸다.

7 · 간조

"성진 씨, 당선 축하드립니다."

한 손에 커피를 든 이진수가 널찍한 소파에 털썩 앉으며 말한다.

"일은 진수 씨가 다 했는데, 감사한 건 저죠."

똑같이 커피를 든 최성진은 대답과 함께 이진수와 마주 보는 작은 의자에 앉는다.

"쿠키 하나 드릴까요? 이거 형님이 유럽 가서 사 온 건데."

최성진은 테이블 위, 작은 바구니 안에 있는 쿠키 두 개를 집으며 말하고 이진수는 힘없이 거절의 의미를 담은 손을 흔든다. 그의 얼굴에는 피곤함이 덕지덕지 묻어있다. 커피만으로는 도저히 피곤함을 씻을 수 없는 듯 하품으로 피곤을 내보낸다. 최성진도 그의 하품에 전염되어 크게 입을 벌린다. 항상 그랬듯이 이 둘은 하루가 부족할 정도로 바쁘게 지내고 있으며 특히 이진수는 지난 3일

동안 5시간도 자지 못했다. 그 이유는 총선 이후 일이 많아진 것도 있지만, 최근 흐르는 이상한 기류 때문이었다. 만난 사람들의 눈에서 이상한 것이 보였고 다들 거대한 무언가의 눈치를 보고 있었다.

"지금 와서 다 좋게 끝이 났으니까 말하는 건데요. 만약 제가 당선 안 됐으면 큰 문제가 생기는 거 아닙니까? 아무리 사람들의 믿음이 있다고 해도 한번 크게 엇나가면 우르르 무너질 건데, 뭐… 그냥 예전부터 궁금했던 거였습니다. 항상 계획에서 크고 중요한 사항들을 운에 맡긴다고 해야 하나? 그런 느낌이 강해서요."

최성진의 질문에 이진수는 눈을 감고 차갑게 식은 커피를 빠르게 들이켠다. 눈이라도 감아서 날뛰고 있는 피곤을 진정시키는 중이다.

"성진 씨, 사람 하나가 길을 가고 있는데, 갈림길이 나왔어요. 그 사람은 왼쪽으로 갈까요? 오른쪽으로 갈까요? 딱히 특별한 조건은 없습니다."

"음… 오른쪽으로 가면 좋겠네요. 근데 저는 모르죠. 그 사람 마음이니까."

이 질문에 최성진은 짧게 고민하지만, 고민할 필요도 없는 질문이기에 바로 답변을 내놓는다.

"맞죠. 모릅니다. 근데 진짜 그 사람은 성진 씨 말대로 오른쪽으로 갔어요. 신기하죠?"

이진수는 슬며시 눈을 뜨고 최성진과 눈을 마주보며 말을 이어간다.

"이게 남들이 봤을 때는 그냥 그 사람이 오른쪽으로 갔다고 알고 있어요. 그리고 성진 씨는 찍어서 맞춘 거라고 생각하고 있고요. 근데 모르죠. 누군가 그 사람에게 오른쪽으로 안 가면 죽여버리겠다 협박했을 수도 있고 오른쪽을 가면 원하는 걸 주겠다 했을 수도 있고 왼쪽 길을 막아 버렸을 수도 있잖아요. 아니면 완벽하게 전부 했을 수도 있고요."

그의 답변에 최성진은 인정한다는 표정을 짓는다. 그리고 이진수는 다시 눈을 감고 커피가 한 방울도 남지 않는 빈 잔을 손에 든다.

"저는 실패하는 계획을 세우지 않아요. 의심하지 마세요. 성진 씨."

이진수가 칼날처럼 날카롭게 눈을 뜨고 최성진을 본다. 최성진은 슬며시 그의 눈을 피하며 남아 있는 커피를 마신다.

"안석현 의원은 어떻게 지냅니까?"

이진수는 눈을 뜬 김에 핸드폰을 들고 시간을 확인하며 말한다.

"아~ 잘 지내십니다. 저번에 말한 대로 끌어들이긴 했는데, 이번에 총선도 있었고 내년에 대선까지 있으니 신경 쓸 겨를이 없어 보이세요. 내부 이야기도 백 의원님으로 가고 있어서 머리가 아프시

겠죠."

최성진의 말에 이진수는 확신의 미소를 짓는다. 그가 생각한 계획은 안석현의 굴복이다. 안석현은 직접 이진수를 끝내겠다고 말했다. 하지만 그의 판단부터가 이미 이진수의 계획이었고 그러니 처음부터 안석현은 이길 수가 없던 싸움이었다. 곧 대선까지 다가오는 시기에 안석현은 스스로 무릎을 꿇고 도움을 청할 수밖에 없고 그렇게 된다면 이진수는 안석현까지 끌어들이며 자연스럽게 당 전체를 먹는다.

"모두 계획대로 가고 있으니 좋네요. 또, 성진 씨가 처음부터 일을 잘 마무리하니 저는 걱정이 없습니다. 이제 그렇게 성진 씨 혼자서 해야 할 일이 많을 겁니다. 나중에 나갈 대선을 연습한다는 느낌으로 차근차근 해 보세요. 제가 뒤에서 다 봐 드리겠습니다."

이진수는 말을 끝내고 갑자기 벌떡 일어난다. 졸음의 손길이 선물해준 잠에 들기 직전 가까스로 몸을 일으켰다. 이제 사람들과 거래는 협박이나 누군가의 범죄 도움 없이도 잘 돼갔지만, 오히려 일은 산더미처럼 불어가 바쁘기는 더 바빴다. 많은 사람을 포섭하니 관계적 문제는 점점 많아졌고 배고픈 입들은 작년보다 배로 늘어났으며 몸은 한 개인 상황이니 피곤하지 않다면 거짓말이었다. 그리고 아까 말했던 이상한 기류, 알 수 없는 거대한 힘, 그런 거대하고 강한 힘을 자유롭게 휘두를 수 있는 사람은 현재 이원택뿐이다.

"저는 항상 진수 씨 믿습니다. 발가벗으라면 벗을게요. 대통령 만들어 준다는데, 뭔들 못하겠어요?"

최성진이 그나마 서로의 피곤을 떨치기 위해 농담 섞인 웃음을 보여주고 이진수도 같이 웃음을 터트려 준다. 그리고 그는 천천히 최성진에게 다가가 먼지 하나 묻지 않은 그의 어깨를 털어주고 이곳을 떠나기 위한 악수를 건넨다.

"조금만 더 파이팅합시다."

"당연하죠."

최성진도 잠들기 직전이라 있는 힘을 겨우 끌어내어 답한다. 이진수는 손을 두어 번 흔들고 문을 열고 나간다. 그가 나가자 들리는 최성진의 커다란 하품 소리. 현재 시간은 오후 10시 20분 정도. 이진수, 그는 아직 할 일이 잔뜩 남아 있다. 몸은 힘드나 힘들다는 생각은 한순간도 하지 않았으며 돌아가기에는 너무 높이 올라왔고 포기한다는 선택지는 애초에 존재하지 않았다.

이진수는 푹푹 꺼지는 발을 끌며 주차장에서 잠들어 있는 차 안으로 들어간다. 바위처럼 무거운 몸으로 운전석에 앉아 시동을 켜고 운전대를 잡는다. 하지만 차 안에 산소가 부족한 듯 숨이 점점 벅차고 그의 몸이 녹아내리기 시작한다. 누군가 운전대에 기름이라도 바른 듯 손이 미끄러지며 힘없이 떨어지고 푹신한 차량의 시트가 그를 잡아끌어 눕힌다. 눈앞이 흐릿하게 빙빙 돌고 귀가 먹먹하게 울린다. 뛰어오르는 자신의 심장 소리가 들리며 공허한 어둠이 머릿속과 눈을 가려 잠에 든다.

끝없는 어둠 속에서 점점 선명하게 느껴지는 진동 소리, 이진수는 잠 속에 잠겨있던 눈을 슬며시 뜬다. 녹았던 몸은 서서히 굳어가고 숨을 크게 내쉬며 뺨을 때린다. 졸음에 흐트러진 자세를 고쳐 앉고 얼굴을 한번 비빈 다음 짧은 머리도 한번 쓸어 넘긴다. 그리고 아까부터 거슬리던 진동 소리를 따라 고개를 돌리니 전화가 걸려 온 핸드폰 화면이 보인다. 그는 아직도 몽롱한 정신을 붙들고 핸드폰을 집어 들어 전화를 받는다.

"예~ 이진수입니다."

그는 작은 하품으로 조금 남아 있는 피곤을 모두 내보내며 말한다. 전화는 최성진에게 걸려 온 전화다.

"진수 씨, 다름이 아니라 이원택 의원님이 찾아오셔서 전화드렸는데요. 혹시 지금 다시 사무실로 오시기 어려우실까요?"

최성진의 말끝에 이원택의 호쾌한 웃음소리가 들려온다. 그의 몽롱했던 정신은 순간 바짝 서고 얼굴이 구겨진다.

"아직 출발도 안 했습니다. 금방 올라갑니다."

그는 거친 숨을 섞어 말한다.

"알겠습니다."

최성진이 먼저 전화를 끊는다. 이진수는 머리를 다시 한번 쓸어 넘기고 조금 흐트러진 옷매무새를 바르게 잡는다. 양손으로 뺨을 치며 이미 차린 정신을 번쩍 깨우고 차에서 내린다.

그는 최성진의 사무실까지 가는 걸음 사이 사이에 계속된 생각을 끊지 않는다. 왜 이원택이 찾아왔는지, 어떤 말을 할건지 등등 당장 생각할 수 있는 모든 것을 생각해 본다. 그래도 현재 그는 이원택과 어느 정도 힘겨루기가 가능한 힘을 가지고 있다. 그러니 대부분의 상황은 유하게 대처할 수 있다.

어느새 도착한 최성진의 사무실 문 앞. 다시 한번 양복의 깃을 정리하고 시계가 감긴 손목을 흔든다. 그는 이상한 기류에 관해서 이원택을 만나려고 했다. 그러니까 어차피 맞닥뜨려야 하는 상황이라는 말이다. 그는 정신을 꽉 부여잡고 문을 열어 안으로 들어간다.

"진수야! 미안해~ 퇴근한 사람 다시 불러서. 내가 원래 이런 성격 아닌 거 알잖아. 그렇지, 성진아?"

소파에서 최성진과 어깨동무를 하고 있는 이원택이 호탕한 목소리로 이진수를 반겨준다. 최성진은 어색한 웃음을 묻혀 그의 말에 대꾸만 한다.

"아닙니다. 제가 먼저 연락을 드렸어야 했는데."

이진수가 허리 숙여 인사한 후 그와 마주 보는 소파에 앉는다.

"최성건이는 잘 지내냐? 아직도 골프만 치고 다녀? 저번에 들어

보니까 팔꿈치 나갔다고 하더구만."

이원택은 이진수의 말은 완전히 무시하고 최성진을 괴롭히듯 흔들며 말한다. 최성진의 덩치가 작은 편은 아니지만, 워낙 풍채가 큰 이원택이 흔드니 그의 몸이 힘없이 흔들린다. 이번에도 최성진은 불편하고 딱딱한 대꾸만 하고 이원택은 그가 귀여운 듯 호쾌한 웃음을 터트린다.

"진수야, 그때 내가 그만하라고 했지."

갑자기 이원택이 목소리를 내리깔고 이진수에게 말한다. 그러나 시선은 계속 최성진을 바라보고 있고 이진수는 싸우기 직전 몸을 풀 듯 숨을 들이마시며 가슴을 부풀린다.

"진짜 죄송하지만, 어떤 게…?"

이진수의 말에 이원택이 다시 커다란 웃음을 터트린다. 그리고 최성진 어깨 위에 있던 팔을 내리고 팔짱을 낀다.

"야, 내가 지금 네가 판을 어떻게 굴리는지 모르겠냐?"

이진수는 그의 말끝에 검지를 치켜세운다. 그러나 이원택은 말을 멈추지 않는다.

"대천이 물류 회사랑 손잡고 일 하나 만들고 있는 거 맞지? 또 너가 거기 물류 회사 사장이랑 그렇고 그런 사이고? 그리고 이번에 컴퓨터 하는 놈이랑 술 한잔 먹었고"

"예, 맞습니다."

이진수가 그의 말에 검지를 오므리고 고개를 끄덕이며 말한다.

컴퓨터 하는 놈은 이원택이 낮게 말해서 그렇지 소프트웨어 업계에서 유망주로 뽑힌 사람으로 그가 운영 중인 스타트업 회사는 지난달 200억의 투자금을 받았다. 하지만 그게 정치적으로 문제가 될만한 일도 아니었고 이원택이 신경 쓸 일도 아니었다.

"검사 일 그만두고 돈 좀 굴리려고 하는데, 딱히 문제가 있다는 생각이 들지 않습니다."

이진수가 피식 웃으며 말한다.

"그렇지~ 니가 대천이랑 돈을 왕창 벌겠다는데, 내가 뭔 상관이냐. 근데 그거만 했냐? 정치하는 사람들 안 만났어?"

이원택이 추궁하듯 말하며 무거운 눈빛으로 그를 누른다.

"아니죠. 솔직히 정치하는 사람들이랑 더러운 짓 많이 했습니다. 근데 그거는 다들 원래 하던 거 아니었나요?"

어차피 이원택이 모두 알고 있는 것 같기에 이진수는 굳이 거짓을 말하지 않는다.

"그래, 그래. 근데 놀 거면 니들끼리 놀아야지, 왜 우리 당 애들까지 더럽히려고 그러는 거야?"

"저희가 남북한입니까? 서로 만나지도 못하게? 그냥 만나서 술한잔한 건데, 왜 이렇게 예민하게 그러십니까. 저 말고 다른 사람들도 서로 만나고 골프 치고 축구도 같이 하고 하는데, 서로 좋게 좋게 어떠십니까?"

이진수는 밝은 미소를 지으며 말을 받아친다. 하지만 지금 그는 마음을 졸이고 있다. 현 정권은 아직도 이원택의 당에 있고, 현 대통령은 이원택의 아래에 있었던 사람이다. 그러니 그가 직접 뒤엎겠다고 나선다면 막기가 어려울 수도 있다.

"그런데 왜 같이 술 먹기 싫다는 사람 약점까지 꼬집어가며 술을 먹이는 거야?"

이원택이 말한다.

"그러게 왜 잘못을 저질렀데요? 그런 거 이용하는 게 똑똑한 사람 아니겠습니까? 저는 의원님 보고 배웠습니다"

조금씩 겁을 먹기 시작한 이진수가 얼굴을 들이밀며 계속 말을 받아친다.

"야, 선을 지켜야지?"

이원택이 아이를 타이르듯 말하지만, 목소리에 힘이 들어가 있다.

"싫으면 다 같이 손잡고 감옥에 가면 되죠. 저 건들면 정치인 절반이 감옥에 들어가는데, 교도소 하나 새로 지어야겠는데요? 또 어디다 지으려고 합니까? 땅도 없는데."

이진수가 입꼬리를 올리며 이원택을 놀리듯 말한다.

"그럼 다 같이 가면 되겠네. 근데 그놈들이 조용히 가겠냐?"

"당연히 조용히 안 가죠. 그러니까 다들 좋게 좋게 하는 거 아니 겠습니까? 감옥 가기 싫으니 같이 술 먹고 하는 거죠."

이진수의 말에 이원택이 기가 찬 듯 고개까지 들며 웃음을 터트 린다. 그의 호탕한 웃음 때문에 최성진은 귀가 따가워 인상을 찡그 린다.

"그 사람들이 너를 진짜로 무서워해서 그러는 걸까? 아니면 무 서워하기도 하는데! 너를 믿어서 그러는 걸까?"

이진수는 대답은 하지 않고 어깨만 들썩인다. 그는 대답하지 않 았지만, 굳이 답이라고 하면 후자가 맞다. 술 한잔과 함께 순순히 그의 편으로 들어오든 약점을 꼬집혀가며 굶을 때까지 버티다 그 의 편으로 들어오든 어찌 됐건 같이 일을 한다면 그 대상이 원하는 것은 반드시 안겨주었다. 그것도 보너스까지 챙겨주면서 말이다. 지금 그와 일하는 사람들은 완벽한 믿음으로 수락하고 공포로 거 절하지 못한다. 하지만 그 믿음이 깨진다면 이야기는 다를 수도 있 다. 거기에다 이원택과 함께 정권이 이진수를 공격한다면, 모두 겁 을 먹고 도망칠 게 그려진다.

"단도직입적으로 의원님이 원하는 게 뭡니까?"

이진수는 얼굴을 진지하게 굳히며 말한다.

그가 지금까지 쌓아온 것들이 당장 내일 무너지진 않을 거다. 만약 이원택이 원하는 것이 있어 찾아왔다면 그것을 입에 물려주고 조용히 보내거나 더 좋게 흘러간다면 그도 같은 편으로 만들 수 있다. 하지만 지금 분위기상 이원택이 원하는 게 있어 찾아온 것 같지는 않았다.

"내가 봐준다고 했을 때 그만했어야지. 지금까지 한 거 깔끔히 치우고 조용히 꺼져라. 다 포기하고 사라지라는 협박이다."

이원택이 미간을 구기며 말한다. 이진수는 허탈한 웃음과 함께 눈썹을 긁으며 이원택의 눈을 잠시 피한다. 갑자기 흐름이 극한으로 가고 있다.

"제가 약속 안 지킨 거 인정합니다. 근데 왜 지금 와서 이러시는 겁니까?"

그의 말이 끝나자 이원택은 자리에서 일어나 기지개를 크게 켠다. 그리고 목을 돌리며 이진수의 옆에 털썩 앉아 그의 어깨에 팔을 올린다.

"궁금하잖아, 진짜 네가 뭘 할 수 있는지? 근데 너도 잘 알잖아, 여기 살짝만 이상해지면 꼬리 자르는 사람들만 있는 거."

이원택이 씨익 웃으며 그의 어깨를 주무른다. 이진수는 그의 눈을 보며 미소를 짓는다. 이원택의 생각이 보이지만, 그래서 그는 더욱 당황한다. 이원택은 지금 완전히 끝내려고 찾아왔다.

"좀 일을 할 거면 정권 잡을 때 해야지, 진수야~ 너는 겁이 없어서 문제야."

이원택의 말에 이진수는 조심히 이를 문다.

"지금 사람들이 약점이 잡혀 있다고 가만히 있는 게 아니지. 저 앞에 앉아 있는 성진이처럼 병신이 아니라고! 지금이야 돈도 잘 들어오고 네가 말한 계획도 잘 굴러가니까 가만히 빌빌 기는 거지 조금만 안 풀리면 가만히 있지 않을 건데? 한번 무너지면 답 없다. 너도 다~ 알잖아?"

그의 말은 이진수도 잘 알고 있다. 당연히 아는 사실을 대비하지 않았을 리가 없었고 최창길의 사망 이후 더욱 철저히 대비했다. 그러니 그는 느껴지는 공포 속에 작은 희망을 본다.

"사람들이 최창길 의원 꼬라지를 보고 진짜 그럴까요?"

이진수는 여유로움을 억지로 끌어모아 보여준다.

"네가 뭘 꿈꾸는지 내가 모르겠냐? 진수야, 내가 그 생각을 예전에 똑같이 했을 거라고 생각은 안 해봤어?"

그의 말에 여유롭던 이진수의 표정은 순간 식는다.

"당장 짐 싸 들고 사라져. 아니면 방송국에 보도지침 쫙 날아갈 거야. 그리고…"

"지금 와서 언론 플레이가 되겠습니까?"

이진수는 아까부터 기분 나쁘게 자신의 어깨를 주무르던 이원택의 팔을 들어 올리며 말을 끊는다.

"뉴스로 어떻게 해 본다고 해일 쪽 중국 수출 막을 수 있습니까? 거기서 먹고 사는 사람이 몇 명인데? 이미 공장 다 지어서 올해 初에 전부 가동 들어갔고 고등학교까지 완공 직전입니다. 경남 쪽은 건드리지도 못하지 않습니까?"

"그거 다 대천 일 아니야? 대천 김태웅이 너를 무서워할까? 현직 대통령을 무서워할까?"

이원택이 이진수와 얼굴을 가깝게 붙이며 말한다.

"앞날 창창할 저를 무서워할지, 임기 1년 남은 대통령을 무서워할지 모르죠."

이진수는 커져 가는 공포에서 튀어나온 어둠을 드러낸다. 이원택도 딱딱한 표정으로 그를 마주 본다. 잠시 서로 무섭게 기 싸움을 하다 이원택이 자리에서 벌떡 일어난다.

"알았어~ 잘해 봐!"

마지막 인사를 끝으로 이원택은 밖으로 나간다. 그리고 이진수는 메두사와 눈이라도 마주친 듯 몸이 돌처럼 굳어 있다. 눈도 깜박이지 않는다. 이진수의 궁극적인 계획은 최성진을 대통령 자리에 앉히고 그 위에서 모든 것을 거느린 절대 권력을 가지는 것. 그리고 이원택의 말은 현재 모든 정권이 그의 손안에 있다는 말이다.

"계획이… 잘 되겠죠?"

최성진이 불안에 가득 차 말한다.

"최대한 좋게 좋게 해결하려고 했지만, 이렇게 갑자기 시작할 거라고 예상은 못 했네요. 그래도 괜찮습니다. 대통령 임기도 1년 남았고 지금까지 쌓아온 게 한순간에 무너질 일도 없고 실패도 없습니다. 어떻게든 성공할 겁니다. 항상 그랬듯이 말이죠."

이진수가 활짝 웃으며 최성진을 바라본다. 그도 웃음을 짓지만, 활짝 웃지는 못한다.

"지금까지 저희가 항상 공격만 해왔다면 이제는 방어를 해야 할 시간입니다. 이거만 이겨내면 저희가 이깁니다."

이진수도 결국 힘듦을 숨기지 못하고 두 손을 모아 세수하듯 얼굴을 천천히 비빈다.

"진수 씨… 그냥 여기서 그만해도 괜찮지 않을까요? 더 이상 가봤자…"

최성진은 공포에 질린 얼굴로 이진수에게 말하고 그는 검지를 치켜세우며 최성진의 말을 멈춘다.

"성진 씨."

이진수는 말을 멈추고 손으로 얼굴을 완전히 감싼다.

"예?"

"결과는 돌고 돌아 정해져 있어요."

얼굴에서 손을 떼고 천천히 고개를 들어 천장을 바라본다.

"갑자기요?"

"안석현한테 연락해서 만나자고 합시다."

이진수의 말에 최성진은 더욱 겁을 먹은 표정으로 그를 본다. 이진수는 항상 모든 계획을 자세하게는 아니너라도 어느 정도 말은 했었다. 하지만 지금 그는 갑자기 계획을 바꾸고 불안에 떨고 있다. 심지어 이원택까지 와서 끝내겠다고 하니 최성진의 믿음이 조금 갈라지기 시작했다.

"당장 내일 만나야 합니다."

이진수가 대답하지 못하고 있는 최성진을 보며 말하고 그는 고개를 끄덕이며 핸드폰을 들고 밖으로 나간다.

8 · 촉박

총선 이후 안석현은 계속 이진수를 쳐내기 위해 노력했다. 그의 계획은 최창길과 같은 이진수의 고립. 이진수는 정치권 인사가 아니다. 그렇다고 뼈대 있는 집안이나 근본 있는 힘을 가진 사람도 아니다. 단지 순간적 기교를 부려 자신의 몸집을 풍선처럼 뻥튀기 하였다. 그러니 저번 그의 말처럼 신용도가 높지 않다는 뜻이다.

지금 아무도 이진수를 건드리지 못하는 가장 큰 이유 중 하나는 그가 10년 넘게 모은 더러운 정보. 사회에서 높은 곳까지 올라온 사람들 중 더럽지 않은 사람은 거의 없다. 그 사람이 높으면 높을수록, 힘이 강하면 강할수록 뒤에 숨겨둔 더러움은 높게 쌓여있고 이진수는 그 모든 걸 알고 있으니 그 누구도 이진수에게 뭐라 할 수 없었다. 하지만 그 정보는 다른 사람들도 알고 있는 사실이나 한번 터트리면 같이 터지는 것이니 서로 건드리지 않지만, 이진수는 같이 터지는 것을 두려워하지 않았다. 그 사실은 최창길 사건때 입증되었다.

그럼 이진수가 그 더러운 정보를 퍼트리기 위해서는 어떻게 하겠는가? 사람들에게 편지를 날리기? 팻말 들고 시내 한복판에 서 있기? 동영상을 찍어 인터넷에 올리기? 전부 아니다. 가장 확실하고 강력한 방법은 언론이다. 뉴스와 신문에 한 사람의 더럽고 추잡한 약점을 올린다면 그 사람은 벗어날 방법이 없다. 그렇다면 그 언론을 막으면 된다. 그렇게 하나가 막혔다는 소식이 퍼지면 그에게 붙은 놈들은 겁을 내며 도망갈 것이고 이진수는 끝이라는 결론에 도달했었다.

현재 이진수와 가장 가깝게 지내는 언론사는 OB 방송국이다. 문제는 OB 방송국 하나를 막는다고 해도 초대형 정치 떡밥 하나가 던져지면 정치색과 상관없이 모든 방송국이 물어 댈 게 뻔했다. 그래서 안석현은 OB 방송국 포함, 3대 방송국 사람들과 만났고 유명 정치인, 언론사 사람들까지 전부 만나려고 약속을 잡았지만, 모두 취소했다. 그 이유는 백정환 때문이었다.

이제 대선까지는 1년도 남지 않았다. 슬슬 경선을 준비해야 하는 상황에서 당내 여론은 백정환으로 굳어가고 있었으니 안석현은 이진수에게 신경 쓸 시간이 없었다.

혼자 곰곰이 생각에 빠져 있던 안석현은 다시 막힌 벽 앞을 돌아서며 생각을 끝낸다. 그리고 가벼운 하품과 함께 기지개를 길게 켠다. 이진수보다는 그놈의 대선과 백정환이 문제였고 또 백정환 밀어내고 대선에 나가자니 이진수가 필요한 역설적인 상황에 끼었다.

"최성진입니다. 들어가도 되겠습니까?"

노크 소리와 함께 문틈 사이로 최성진의 목소리가 들려온다.

"들어와."

안석현이 목을 가다듬고 말한다.

최성진이 문을 열고 들어오고 안석현은 앉아 있던 의자에서 일어나 서로 악수를 받는다. 그리고 준비되어있는 테이블 앞, 의자에 서로 마주 보며 앉는다.

"갑자기 연락드려서 죄송합니다."

최성진은 이원택이 만들어 준 불안감을 버리지 못한 표정으로 말한다. 안석현 때문에 긴장까지 찾아오니 의자에 앉은 몸도 딱딱하게 굳어 있다. 천천히 숨을 내쉬며 긴장감을 풀어보지만, 잘되지 않는 듯하다.

"아니야, 나도 마침 연락하려고 했다. 뭐… 내가 당당히 이진수, 그놈 처리한다고 말은 했지만, 그게 말처럼 잘 안된다."

안석현은 숨김없이 자신의 감정을 드러내며 한탄을 섞어 말한다.

"어떻게 하셨는지 들어볼 수 있을까요?"

최성진은 이미 모든 상황을 알고 있으나 굳이 물어본다. 그리고 안석현은 잠시 입을 다문다. 최성진은 이진수와 가상 가깝게 지내는 사람이지만, 그런 상황을 따질 시간이 없기에 다시 입을 연다.

"언론부터 묶으려고 했지. 그래서 OB 국장 놈을 만났거든? 야, 근데 뭐라 하는지 아냐?"

그의 질문에 최성진은 모르겠다며 고개를 흔든다.

"별의별 핑계를 대긴 했는데, 시부랄~ 이진수한테 꼼짝을 못해. 그래서 정치하는 사람들 만나고 다른 방송국 사람들 다시 만나자니 시간이 없고, 당에서는 백정환 이야기뿐이니까…"

안석현은 꽉막힌 숨과 함께 고개를 짧고 빠르게 흔든다.

"대선 이제 1년도 안 남았는데, 이진수한테 힘을 빼는 게 좋지는 않아 보입니다."

조금 긴장이 풀린 최성진이 슬쩍 미끼를 던진다. 그리고 안석현은 미끼를 맛보며 씁쓸히 입맛만 다신다.

"그러니까 나도 똑같은 생각이야. 이진수를 쳐내자니 경선이 코앞이고 경선을 준비하자니 혼자 백정환 쳐내기는 어렵고… 너는 어떻게 생각하나?"

그는 맛본 미끼를 슬며시 당기며 최성진에게 말한다. 최성진이 아무리 특별한 능력이 없다고 해도 안석현에게 조금의 바람만 불어준다면 바로 넘어올 것 정도는 느끼고 있다.

"저번에도 말씀드렸지만, 공격하신다고 잘 먹히지는 않을 것 같습니다. 이진수도 여기까지 판을 문제없이 벌여놨는데, 다 대비를 해놓고 있지 않았겠습니까? 약점이 있어도 그거 끄집어내면 물귀신처럼 다 잡혀들어갈 거고 그거 끊어내자니 그놈 입에서 나올 게 무섭고. 다들 그게 무서운 거죠."

최성진의 말에 안석현이 어쩔 수 없이 고개를 끄덕인다. 정말 인정하기 싫지만, 그의 말은 모두 맞는 말이다. 안석현이 아무리 강한 힘을 가지고 있다고 해도 뭔가 손을 쓰기에는 시간이 너무 없다.

"대표님, 이진수를 잡는다고 해도, 시간도 오래 걸리고 심지어 못 잡을 수도 있다고 생각합니다. 그러니 제가 드리고 싶은 말씀은 당장 눈앞에 놓인 적을 처리해야죠. 백정환 의원 말입니다."

"성진아, 시부랄 지금 너는 나를 도와줄 생각이 없는 거지? 그 새끼의 약점을 말하고 그럴 생각이 없는 거야. 너는 나를 좆으로 보냐?"

짜증이 가득 찬 안석현의 말에 순간 최성진의 몸이 움츠러든다. 학창 시절 무서운 선생님과 단둘이 남은 것 같은 느낌을 받지만, 지금 이 둘의 관계는 학생과 선생보다 더 차이가 나며 어쩌면 그 반대, 최성진이 그보다 위일 수도 있는 상황이다. 그는 그 관계의 이해를 다시 한번 머릿속에 바르며 마음을 다잡아 본다.

"말이 왜 그렇게 튑니까? 솔직하게 말하자면… 이진수는 대표님이 공격할 거라고 알고 있었습니다. 처음부터 판을 그렇게 싸고 대표님을 불러들인 거죠. 거두절미하고 대선에 집중해야 한다 이 말씀입니다."

아무리 뭐라고 생각해 봤자 같이 서 있지도 못할 정도의 높은 분을 앞에 두고 있으니 다시 그의 말이 딱딱하게 굳는다. 그러나 안석현의 짜증 난 모습은 온데간데없고 턱을 쓸어 만지며 최성진의 말에 잠시 생각하고 있다.

"그 새끼가 물을 흐리든 선을 넘든 시부랄 사람을 죽이든 나만 안 건드리면 뭔 상관이냐? 저 박경수 놈도 10년 전에 뺑소니로 사람 하나 죽인 거 잘 묻혔잖아… 아니, 시부랄! 솔직하게 나도 이진수의 힘을 빌리고 싶다. 나는 뭐 그놈이랑 안 만나봤겠냐? 너도 알겠지만, 옛날에 돈도 다 받아먹었고 최근에도 한 번 만났었다. 너 오기 전에도 대선 이야기 꺼내면서 도와주겠다고 하는데, 내가 꺼지라고 상을 엎었어. 그래서 지금 와서 도와달라는 게 자존심이 상하냐? 아니, 그게 아니야. 그 도움받아서 뭐 하나라도 성공하면? 뭐, 당선이라 되면? 뻔히 보이잖아! 야금야금 내 힘을 갉아 먹으면서 결국에는 내가 그놈 없이는 손가락 하나 움직이지도 못할 게 보이잖아? 그리고 그걸 이진수가 원하는 거겠지. 그렇지? 대답해봐."

"예… 맞습니다. 그게 이진수가 원하는 겁니다."

최성진은 조심스럽게 말한다.

지금 안석현이 걱정하는 것은 이진수의 힘을 빌린 뒤, 그에게 의존할 수밖에 없다는 점. 그럼 어느 순간 이진수는 그의 머리 위에 앉아 있는 것이다. 그게 지금까지 이진수가 힘을 키워온 방법이고 모두가 그렇게 당해왔지만, 확실한 보상에 아무도 불만은 없었다.

"맞죠. 대표님께서 말씀하신 게 모두 맞습니다. 그러니까… 대표님도 솔직하게 말씀해주셨으니까 저도 이제 전부 꺼내 놓겠습니다. 아실 내용이기는 한데, 대선 때 상대는 무조건 강석필 의원이 나오지 않습니까?"

진지한 대선 이야기에 안석현의 표정은 더욱 어둡게 굳는다. 우선 대선에 누가 나갈지 확실히 정해진 것은 없다. 그것은 당연하다. 아직 대선까지 1년이라는 시간이 남았고 그보다 앞서서 경선은 시작도 안 했다. 하지만 최성진이 말한 여당의 강석필은 경쟁자 없이 대선에 무조건 나올 것이고 적수 없는 막강한 대통령 후보이기도 하다.

"감히 제가 말하자면 지금 누가 나오던 강석필 의원 이기기 힘듭니다. 그런데 이진수의 모가지까지 친다? 그럼 생각할 필요도 없이 나빠질 게 뻔합니다. 중요한 것은 지금 당장 쳐낼 방법도 시간도 없습니다. 상대 쪽도 지금 쑥대밭이지만, 어쨌든 강석필 나오고 우리가 이진수 걸러낸다고 힘을 빼면 누가 좋아할까요? 어쩌면 막상 이진수를 쳤다고 하면 나들 그놈 편을 들어 줄 수도 있습니다."

최성진은 어느새 긴장감을 말끔히 씻어낸 채 부드러운 말을 뱉고 있었다. 마치 이진수처럼 말이다. 하지만 그 사실을 인지하자마자 자신의 눈을 보고 있는 안석현에게 기가 죽어 바로 몸을 굳힌다.

최성진의 말을 들은 안석현은 입을 다물고 의미 없는 주먹으로 자신의 허벅지를 치기 시작한다. 최성진의 말이 모두 맞았고 그도 그렇게 생각하고 있었기 때문이다.

시간은 흐른다. 의미 없이 말이다. 가끔씩 문밖에서 들리는 발소리, 주먹으로 허벅지를 치는 소리, 벽에 걸린 시계의 초침이 돌아가는 소리, 최성진은 아무 말 없이 계속 기다린다. 안석현이 스스로 넘어올 때까지 말이다.

"상식적으로 이진수 그 새끼 말이 안 되잖아!"

10분 정도의 침묵 속에서 안석현이 말을 터트린다.

"언제는 누가 말이 돼서 그랬습니까? 그리고 여기 사람들 대표님이 이진수 쳐내는 거 기다리고 있는데, 지금 못하겠다고 하면 조금 그렇지 않겠습니까?"

최성진은 이대로 말을 끊고 입을 다문다.

"그래서?"

이제 안석현이 그의 대답을 기다린다.

"그래서 제 말은 안 대표님이 이진수를 쳐내지 못했다는 게 아니라 서로 손을 잡았다는 걸로 하시면 좋지 않습니까?"

최성진의 말끝으로 안석현은 의문을 품은 표정을 보인다.

"시부랄, 니가 지금 나를 만난 이유가 뭐야?"

그는 기분이 나쁘다는 것을 잔뜩 표출한다. 자신이 앞장서서 이진수를 쳐낸다고 공표식으로 말했는데, 갑자기 손을 잡았다고 한다면 그의 위상은 꺾이고 이진수의 힘은 더욱 커질 게 뻔했다.

"이진수랑 만납시다."

최성진의 말에 안석현의 표정이 다시 오묘하게 변한다. 어떠한 일을 할 수밖에 없을 때 그리고 그 일이 정말로 하기 싫을 때 그리고 그 일을 지금 당장 수락해야 할 때의 표정. 지금 안석현의 표정이 그렇다.

"만나면 뭐가 달라지냐?"

안석현은 뭐가 달라지는지 안다. 그리고 그것이 자신에게 좋게 돌아오는 것도 안다. 최성진은 아무 대답하지 않는다. 그저 안석현을 기다린다. 다시 침묵이 찾아오고 시간은 흘러간다. 서로 답답한 숨소리만 새어 나오고 안석현은 허벅지를 두드린다. 그렇게 5분, 안석현이 얼굴을 한번 쓸어 넘기고 고개를 들어 깊은숨을 내쉰다.

지금까지 겪었던 경험을 안경처럼 쓰고 미래에 그려질 그림을 본다. 그렇게 다시 5분, 그는 눈을 꽉 감고 이도 문다. 이미 들은 이야기도 많고, 봐 온 것도 많다. 그리고 직접 몸으로 이진수의 힘을 짧게 느끼기도 했다. 이해되지 않는 상황이지만, 이곳 일이 이해되지 않는다고 안 할 수 있는 게 아니다.

"그래서 언제 만나자고."

안석현이 얼굴에 들어간 힘을 서서히 풀며 말한다.

"내일 가능하십니까?"

최성진이 희미한 웃음을 지으며 말하고 안석현은 가능하다고 대답한다. 그리고 그는 개운한 기지개를 켜고 손을 내린 다음 목덜미를 잡고 주무른다. 자신의 위상이 꺾여봤자 유치한 자존심 싸움이었고 아무리 심하게 꺾인다고 한들 그를 무시할 수 있는 사람은 없었다. 그리고 가장 중요한 것은 이진수보다 대선이었다.

"시부랄~ 나가. 너 꼴도 보기 싫다."

최성진은 욕이 섞인 그의 말에 미소만 지으며 자리에서 일어난다.

"바로 장소랑 약속 시간 알려드리겠습니다."

그는 허리 숙여 인사를 드리고 밖으로 나간다. 그 시각 이진수는 대천 본사, 회장 사무실에 도착한다.

"아니, 검사님. 저번에 하신 이야기랑 지금 너무 다른데요?"

대천의 회장, 김태웅이 사무실에 도착한 이진수를 보며 자리에서 일어나 짜증을 낸다. 이진수가 검사를 그만둔 지 몇 년이 넘어가지만, 예전부터 친분이 있었던 그는 아직도 이진수를 검사님이라고 부른다.

"태웅 씨, 제가 약속드린 것은 결과물이에요. 다 잘될 겁니다."

이진수가 손님용 소파에 앉으며 말하고 그의 말을 들은 김태웅은 화가 잔뜩 난 걸음으로 그에게 다가간다.

"지금 학교 완공하고 선생까지 다 뽑아놨는데, 특별한 사유 없이 교육청 허가가 취소됐잖아요. 대천 물류 트럭 다 점검받으라고 환경부에서 나오고 시발! 뉴스에는 대문짝만하게 나와서 주가가 얼마나 빠졌는지 아세요?"

"우선 앉아서 이야기하세요."

이진수가 손짓과 함께 말하지만, 그 손짓이 김태웅의 분노를 부채질한다.

"중국 가는 배에 세관 놈들이 컨테이너 하나씩 붙잡고 검사하고 공장 부지 절반이 재검토 도장 찍혀서 공장 멈췄고 거기서 일하는 사람들 지금 난리를 피우고 있어요. 검사님만 믿고 돈을 얼마나 보냈는데, 왜 대천에만 이런 일이 생겨요. 검사님!"

이진수는 팔짱을 끼며 가만히 그의 말을 들어주고 잠시 생각하더니 상체를 앞으로 기울인다.

"그래서 저에게 책임을 묻는 거예요?"

이진수도 짜증을 내며 말한다. 이원택의 공격이 이곳저곳에서 들어오는 지금, 그도 남의 불평불만을 들어줄 여유가 없었다.

"그럼 시발, 지금 검사님 때문에 예상 손실금이 300억이 찍혔는데, 누구한테 말해요?"

김태웅이 당장 이진수를 때릴 것 같은 눈빛으로 노려본다.

"태웅 씨가 회장 자리에 앉고 대천 말아먹을 뻔한 거 제가 살려주고 김진 만나서 해일 인수 도와주고 경남 도지사랑 만나서 부지 공짜로 내준 게 누군데요? 대천 물산에 물류까지 붙여 키우고 언론에 좋은 뉴스 뿌려서 태웅 씨 돈 먹여준 거는요?"

이진수가 상체를 더욱 앞으로 기울여 그를 몰아붙이자 김태웅은 그의 눈을 피하고 의자에 앉는다. 대천의 경영은 이진수가 거의 맡아서 했다고 말해도 무관하다. 원래부터 김태웅의 경영 능력은 바닥이었고 이진수가 없었다면 그는 현재 회장 자리에 앉지도 못했다.

"태웅 씨, 지금 어려운 건 잘 알겠어요. 그러니까 1년만 버텨요. 지금 대통령 말년이라 이렇게 객기 부리는 거 얼마 못 갑니다. 그리고 70억만 어떻게 빼주세요."

"검사님… 시발, 지금 돈 이야기가 나오냐?"

김태웅이 어이가 없다는 듯 인상을 구겨가며 말한다.

"그럼 나 없이 대천 돌아가겠냐?"

이진수가 어둠을 드러내며 말한다. 그리고 그의 말에 김태웅은 자리에서 벌떡 일어나고 양복 재킷 안에 있는 전자 담배를 꺼내 피운다.

"한 달 안에 40억은 달러로 상하이, 30억은 원화로 서울에 보내야 해요. 그리고 딱 1년만 버팁시다."

이진수가 검지를 치켜세우며 김태웅에게 말하고 그는 연기를 내뱉으며 억지로 고개를 끄덕인다. 김태웅이 이진수를 불러 따진 이유는 그보다 더 좋은 계획이 있기 때문이 아니다. 단순 화난 감정 때문이었고 그는 이진수가 없으면 아무것도 하지 못하기에 어쩔 수 없이 그의 말을 들어야 했다.

방금 대천에서 벌어진 이진수와 김태웅에 대화처럼 지금 이진수라는 배의 이곳저곳 구멍이 나 물이 새어 들어오고 있었다. 그가 세웠던 자잘한 여러 계획을 위에서 억지로 막아 세우다 보니 겁먹은 정치인들은 하나둘씩 그의 연락을 피하기 시작했고 또, 하나둘씩 피하니 그 아래에 있던 사람들도 이진수에 대한 믿음이 깨지기 시작했다. 그러니 그 문제를 해결할 힘 자체가 약해졌고 또 약해진 힘으로 다른 힘을 쓸 수가 없었다. 그렇다고 지금 자신을 찍어누르는 대통령의 권력남용을 언론에 까발리자니 그도 한 짓이 크기에 최대한 버티기로 계획을 만들었다. 그렇게 지금 남은 것은 안석현,

모든 상황을 뒤엎을 방법은 안석현의 당선뿐이었고 마침 그의 핸드폰에는 안석현과의 사리가 허락이 났다는 연락이 도착한다.

해가 지고 다음날이 되었다. 오후 1시쯤 최성진은 한 참치회 전문점에 도착한다. 5층짜리 건물에 1층을 제외한 2층부터 5층까지가 전부 하나의 식당이다. 그리고 작은 말소리 하나도 새어나가지 않는 방을 많이 겸비한 식당이라 주로 비밀스러운 자리를 원하는 사람들이 찾는 곳이다.

최성진은 직원의 안내를 받고 4층으로 올라간다. 그리고 가장 구석에 있는 방 안으로 들어간다. 식탁 하나와 네 개의 의자. 그는 가장 구석 자리에 앉아 긴장되는 마음을 천천히 달래본다. 약속 시간까지는 이제 20분 정도 남았고 이진수에게 거의 도착했다는 연락까지 받았으니 약 10분 뒤면 안석현, 박경수 그리고 이진수까지 거대한 세 개의 파도가 이곳에서 만날 것이다. 최성진은 이진수가 말한 것을 다시 한번 되새기며 길고 긴 기다림의 시간을 보낸다. 그렇게 5분 정도 지나자 방의 문이 열리고 안석현, 박경수 그 둘이 같이 들어온다.

"어휴~ 오셨습니까."

최성진이 본능적으로 벌떡 일어나 허리를 숙여 그 둘을 맞이한다. 이진수보다 그들이 일찍 도착하는 바람에 떨리는 그의 마음이 더욱 요동친다.

"이진수는 화장실 갔냐?"

안석현이 넓지도 않은 방을 일부러 둘러보며 눈길도 주지 않는 최성진에게 악수를 건넨다.

"거의 다 왔답니다. 차가 막혀서 금방 올 겁니다. 하… 하."

최성진은 불쑥 건너온 안석현의 악수를 받으며 불편한 웃음을 조심히 뱉는다.

"이 시간에 여기는 차 많이 막히지~"

기분 좋아 보이는 박경수는 홀로 걸음을 옮겨 의자에 앉는다. 사실 박경수는 오지 않아도 되는 자리였다. 이미 완벽하게 이진수 쪽으로 갈아탄 지 오래였고 안석현과 어깨를 나란히 하는 인물이라 딱히 건드릴 사람도 없었다. 하지만 그가 굳이 온 이유는 주변에 들려오는 소리가 스산했기 때문이다.

최성진과 박경수의 인사까지 끝나고 최성진은 아까 자신이 앉아 있던 자리에 들어가 앉는다. 그리고 그 옆에 안석현이 앉는다. 최성진 앞에는 박경수가 있고 안석현의 앞에는 아직 오지 않은 이진수가 앉을 거다. 그렇게 그 셋은 이진수가 오기 전 시시콜콜한 이야기를 꺼내 심심한 시간을 때우기 시작한다. 이번에 누가 누구를 만났고 누가 뭘 했고 누가 결혼을 했고 이혼을 했고 누구 아들이 뭔 사고를 쳤고 누구 와이프가 어디에 땅을 샀고 하는 말을 화목한 웃음을 섞어 가며 말한다. 다들 알지만, 눈을 감고 있고 그 셋도 눈을 감고 살고 있다. 그들도 지금 입에서 나오는 사람들처럼 치졸하고 더럽다. 어쩌면 그들이 더 더럽게 살아왔을 수도 있다.

"성진아, 최근 들리는 소문이~ 이진수 고놈 간당간당하던데?"

박경수가 껄껄 웃으며 말한다.

"예… 뭐, 저도 안 좋게 생각하고 있지만, 워낙 그 친구가 일 처리도 좋고 항상 이겨왔기에 저는 믿습니다."

최성진이 풀이 죽어 말한다. 이제 그는 이진수에 대한 존경스러운 믿음은 사라졌고 그에게 포기하자고 말하는 중이다. 그리고 안석현이 말을 하려 입을 벌리자 그 셋만 있던 작은 공간에 문이 열린다. 모두의 입이 닫히며 문 쪽으로 고개가 돌아간다. 그 열린 문에는 이진수가 서 있고 그가 모습을 보이자 잠시 어두운 적막이 흐른다. 깔끔하게 머리를 올린 이진수는 가만히 서서 앉아 있는 셋을 훑어본다.

"늦어서 죄송합니다. 여기가 차 많이 막히네요. 주차할 때도 없고."

그는 좋은 미소를 보이며 열려있는 문을 닫고 안으로 들어온다. 갑자기 굳어 버린 사람들은 생기가 돈 표정과 함께 자리에서 일어나 악수를 건넨다. 최성진은 간단한 목례로 인사를 끝낸다. 이진수는 안석현부터 악수를 하고 박경수로 끝낸 다음 비어있는 의자에 앉는다.

"다들 잘 지내시나 봅니다. 얼굴빛이 좋아 보이세요."

이진수는 웃음을 잃지 않은 체 말하고 반가운 대답은 박경수에게서만 날아온다. 하지만 이진수가 대답을 듣고 싶어 하는 사람은 안석현이다. 지금 다른 건 다 필요 없이 그가 너무 필요하다.

"와이프가 사 온 화장품 좀 바르니까 얼굴빛이 좋아지더라고. 그래서 앞으로 계획이나 들어보자. 단도직입적인 거 좋아한다며? 나도 그렇거든."

안석현이 비즈니스적인 웃음은 싹 걷어내고 진지하게 굳은 얼굴로 이진수를 마주 본다.

"단도직입적인 거 좋죠. 근데 전체적인 계획은 말로 하기에는 길고 해서 그냥 제가 원하는 것은 최성진 의원 대통령 만드는 겁니다."

이진수의 말에 안석현, 박경수 그 둘이 동시에 최성진 쪽으로 고개를 돌린다.

"근데 최성진 의원을 대통령 만들려면 7년 정도 남았습니다. 아직 강산이 변하고도 한 번 더 변해야 하죠. 그건 나중에 이야기하고 지금 모인 이유를 말씀드리겠습니다. 안 의원님 대선을 도와드리고 싶습니다."

이진수는 안석현을 집중적으로 바라보며 말한다. 하지만 그에게 질문이 넘어오지 않자 이진수는 다시 말을 이어간다.

"알겠습니다. 좀 더 쉽게 이야기하겠습니다. 제가 어르신 세 분 집어넣은 거 알고 있지 않습니까? 그걸로 얼마 남지도 않았던 명줄을 잘라 버렸죠. 그래서 여기 두 분과 백정환 의원까지 합해서 위로 올라갔고 저는 충분히 뭔가 더 할 수 있었지만, 아무것도 안 했어요. 맞지 않습니까?"

계속 안석현은 답이 없지만, 이번에는 박경수가 입을 연다.

"맞지, 당이 망할 정도로 뒤엎고 아무것도 안 했지. 근데 내가 궁금한 거는 이거야. 그 짓 해서 니가 뭘 얻은 거야? 우리가 벌벌 떨 거라고 생각했어?"

그의 질문에 이진수가 검지를 치켜세운다.

"솔직히 박 의원님은 편하시지 않았습니까? 제가 알기론 어르신 중 한 분이랑 조금 그랬던 걸로 알고 있는데요?"

이진수의 질문에 박경수는 고개를 끄덕인다.

"다들 좋은 상황에서 큰 거 하나씩 건져갔는데, 알고 보니 그게 제가 만든 거네요?"

이진수가 눈썹을 치켜올리고 안석현, 박경수를 번갈아 보며 잠시 말을 멈추었다가 다시 이어간다.

"그러니까 저의 능력은 충분히 보여드렸다고 생각합니다."

이진수가 웃으며 박경수를 보자 그도 활짝 웃으며 답을 해준다. 계속 말하지만, 박경수는 이진수 쪽으로 가장 먼저 갈아탄 인물이다. 하지만 지금은 아니다. 스산한 소문과 함께 그의 감은 이진수가 틀렸다고 말했다. 즉 그는 꼬리 자를 타이밍을 보고 있다.

"다시 본론으로 돌아가자면, 안 의원님께서 대선 나오고 싶어 하시지 않습니다."

"그래서 네가 도와주겠다?"

안석현이 불편한 심기를 뭉쳐 툭 뱉는다.

"그렇죠. 이번에 백 의원이 맘잡고 대선 나가겠다고 하면 어깨 들이밀고 쳐낼 수 있습니까? 확실하게?"

그의 말에 최성진, 박경수 둘이 안석현의 표정을 살핀다. 당연히 안석현의 표정은 좋지 않았고 심기가 불편한 수준이 아니라 당장 자리를 박차고 나갈 정도로 얼굴이 구겨졌다.

백 의원, 이름은 백정환. 미국 유명 대학교 경제학 박사 출신으로 전 서울 시장, 과거 정권이 넘어와 있을 때 경제부 총리를 했었다. 인성은 둘째치고 과거 이루었던 실적이 너무 좋은 사람이다. 그러니 안석현보다 더 높은 대선 후보감으로 올라와 있지만, 그는 대통령 생각이 없다. 그러나 막상 마음이 변해 대선 출마를 선택한다면 안석현은 혼자만의 힘으로 그를 밀어내기에는 역부족이었다.

"대답이 없으니 못 쳐내겠다는 뜻으로 알겠습니다. 그래서 만약 백 의원께서 대선을 나간다고 하면 제가 쳐내 드리겠습니다. 이게 쳐낸다고 해서 어디 묻고 끝낸다 이런 말이 아닙니다. 솔직히 백 의원은 큰 전력이라고 생각하는데, 무너지면 안 되죠. 쉽게 무너질 사람도 아니고. 이쨌든 그건 제가 알아서 하는 거고 대선에 나오지 못하게 하겠습니다. 정치? 당 세력? 다 알아서 하세요. 그러니까 정리하자면 백 의원 대선만 막아주고 저는 아무것도 하지 않겠다는 말입니다."

이진수는 정중한 손짓으로 안석현에게 말을 보낸다. 안석현의 표정은 서서히 풀리고 있고 그의 말이 자신에게 딱 좋은 조건이기도 하다. 원래 이진수의 계획은 조금 달랐지만, 지금 중요한 것은 많은 걸 포기하더라도 어떻게든 안석현과 손을 잡아야 한다.

"그래서 내가 뭘 해줘야 하는데?"

안석현은 숨을 길게 내쉬며 말한다.

"지금은 저에게 해줄 것은 없습니다. 저는 도움만 드릴 거예요. 지금 거래하자는 이야기가 아닙니다. 제가 도움을 청하는 겁니다."

이진수는 말을 끝내고 자신 주변에 앉아 있는 사람들의 눈을 훑어본다. 어차피 최성진과 박경수는 읽을 필요도 없었으니 바로 안석현의 생각을 읽어 본다. 그는 이진수를 마음에 들어 하지만, 그것은 개인적인 감정이고 이성적으로 타협의 선까지 넘어왔다.

"이 새끼, 진짜 급하긴 하나 보네. 근데 나도 들어보니까~ 너도 시부랄 발 뻗고 지낼 상황은 아니던데?"

안석현이 이진수에게 말하고 순간 그의 표정이 굳지만, 다시 미소를 찾는다. 아까 그들의 대화에서 들은 것처럼 이미 이진수에 대한 안 좋은 소문이 돌고 있었다. 이원택이 대놓고 힘을 쓰고 있으니 소문이 안 도는 게 이상했다.

"그렇죠. 그러니 서로 어려운 사람끼리 돕는 거죠."

이진수가 안석현에게 말한다. 말을 들은 안석현은 기가 찬 듯 미소를 짓지만, 지금 그를 도와줄 사람은 이진수뿐이다. 또 이진수와 손을 잡는다고 안석현은 큰 타격을 받지 않는다. 나름 최고 권력에 앉아 있는 사람이기 때문이다.

"내가 연락하면 백정환은 조용히 해주는 거고 이제 손대는 거 없다? 그러니까 급한 불 먼저 끄겠다는 계획이네?"

안석현은 그에게 손을 뻗어 악수를 건넨다. 아무리 생각해봐도 손해 보지 않는 조건이고 급한 것은 그도 마찬가지다.

"정확합니다! 원래 손대는 것도 없지 않았습니까?"

이진수는 그의 손을 잡고 힘을 꽉 주며 위아래로 크게 한번 흔든다. 그리고 그 둘은 손을 놓고 다시 편안히 자리에 앉는다.

"그럼 이제 내가 개인적으로 궁금한 거 물어봐도 되지?"

안석현이 질문하자 이진수는 눈썹을 움직이며 말을 이어가라는 신호를 보낸다.

"백정환 쳐낸 다음 대선 나가고 뭘 하든 다 이해가 간다고 근데 최성진이 대통령? 시부랄~ 이놈이 뭘 한 게 있는데? 얼굴이랑 형 빼면 당에 들이오기나 했겠어? 대통령이 말처럼 쉽냐?"

바로 옆에 최성진이 앉아 있음에도 안석현이 당당히 그를 까 내릴 수 있는 이유는 그가 최성진보다 압도적으로 서열이 높은 것도 있지만, 그가 한 말이 반박할 수 없는 사실이기 때문이다.

"맞죠. 한 게 아예 없긴 합니다. 그냥 잘생기고 깨어있는 젊은 정치인 정도의 좋은 이미지이지, 대통령 후보에 이름을 올릴 정도 는 아니죠. 근데 그건 제가… 아니, 계획을 전부 갈아엎을 거라 지 금은 이야기를 드릴 수가 없습니다. 우선 이번 대선 끝나고 따로 이야기하시죠."

이진수가 조금은 무너진 자신만만한 표정으로 말한다.

"니가 왜 이 꼬라지가 났는지 보인다."

안석현이 팔짱을 끼며 이진수의 불안을 건드리지만, 오히려 그 는 더 밝게 미소를 짓는다.

"저희 둘 다 시간 없습니다. 빨리 손잡고 계획을 세워야 해요."

급하게 어둠을 꺼낸 이진수의 말에 분위기는 어둡게 가라앉는 다.

"야, 지금 너랑 붙어있던 정치인 몇 명 조사받는다고 하더구만, 시부랄~ 대통령 라인은 뭔 깡으로 건든 거냐?"

안석현은 웃음을 섞어 가며 계속 그의 불안을 건드리고 그게 잘

통했는지 이진수의 어둠도 조금씩 무너지기 시작한다.

"그러니까 서로 돕자는 이야기입니다. 의원님 당선되시면 좋은 거고, 안 된다면… 저 혼자 안 갑니다."

두려움의 휩싸인 이진수가 무너진 어둠을 붙잡고 마지막 무기를 꺼낸다. 안석현은 딱히 겁을 먹지 않았고 장난치듯 느리게 고개만 끄덕인다. 옛날 같았으면 겁을 먹었겠지만, 지금 그의 상태를 보니 아무리 약점이 잡혀 있다고 해도 이길 수 있을 거라는 확신이 들었다.

"알았다. 우선 서로 돕자고."

안석현의 입에서 나온 말에 모두가 긴장을 풀고 숨을 내쉰다.

"근데 음식은 언제 나오냐?"

상황이 어느 정도 끝으로 잡힌 것 같자 박경수는 분위기를 돌릴 겸 재치 있게 말한다.

"여기가 가격이 조금 있어서 제가 음식은 다른 곳으로 예약을 잡았습니다. 거기로 가시죠. 제가 안내 도와드리겠습니다."

이진수는 말과 함께 천천히 의자에서 일어나고 밝은 표정의 박경수와 최성진도 고개를 끄덕이며 일어난다. 하지만 안석현은 계속 자리에 앉아 이진수를 보고 있다.

"빨리 갑시다~"

박경수는 답답해하며 안석현을 일으킨다.

"너 대선까지 일 처리 잘해야 한다."

안석현이 자리에서 일어나 이진수에게 경고하듯 말하고 이진수
는 부서진 미소를 지으며 걱정하지 말라고 말한다. 그렇게 오늘을
기점으로 안석현과 이진수는 손을 잡았다. 안석현이 이진수와 손
을 잡았다는 소문은 빠르게 퍼졌고 그 소문은 서서히 넓어지던 믿
음의 균열을 잠시 멈추었다.

이제 모든 일의 집중은 곧 있을 대선으로 쏠렸다. 이진수와 안
석현이 손을 잡았으나 대선 후보로는 백정환을 확정하는 분위기
였고 이제 경선까지 며칠 남지도 않았다. 하지만 안석현은 아직까
지 이진수에게 도움을 청하지 않고 혼자 끙끙 앓고 있었다.

"제가 아는 안석현이라는 사람은 불편한 거 있으면 바로 말하는
스타일인데, 나이 먹고 성격이 많이 죽었나 봅니다?"

목요일에 열리는 당 회의가 끝나고 모두가 길을 떠나는 복도에
서 박경수는 안석현의 뒤에 바짝 붙어 조용히 속삭인다.

"내가 불편해 보여?"

걸음을 멈춘 안석현이 뒤를 돌아 말한다.

그는 딱히 불편한 점이 있다고 누구에게 말하지는 않았지만, 얼
굴에 불편한 감정이 가득 묻어있었고 상황을 알고 있는 박경수는
그의 마음을 잘 알 수밖에 없었다. 그리고 방금 끝난 회의에서 백
정환을 대선 후보로 확정시키며 가볍게 대선 계획을 세우면서 끝

이 났다.

"에헤이~ 우리 다 아는 사람인데, 지금 어디가 불편한지 제가 모를까요? 지금 저기 백정환이 선거 나가겠다고 말만 하면 끝나는데, 우리 안 대표님 똥줄이 타들어 가?~ 안 들어가?~"

박경수가 약 올리듯 말을 길게 늘리고 꼬아가며 말한다. 그의 말처럼 지금 백정환은 대선에 출마하겠다, 하지 않겠다는 명확한 답을 내놓지 않았고 그게 안석현을 더 미치게 만들고 있었다.

"좀 더 보고…"

안석현이 대충 말을 뱉으며 고개를 돌린다.

"아니, 그때 그놈이 연락만 하면 도와준다고 했잖아. 백씨 깔끔하게 처리해준다고 말했잖아요~ 그때 서로 잘 이야기하더니 지금 와서 이게 뭐 하는 짓이야? 지금 뭐 생각할 시간 없어, 다음 주 경선이야."

박경수는 답답한 듯 혀를 끌끌 차며 그에게 말한다. 안석현은 아무 말 없이 숨만 내뱉으며 주변을 살펴본다. 어느새 복도에는 모두가 사라지고 둘만 남아 있다.

"아니, 안 대표님. 내 말을 들어봐, 어? 자존심을 버려. 이진수가 나이는 한참 어리고 근본 없고 뭐 없는 거 나도 알아. 근데 원래 그냥 힘 좋은 놈이 형 아니여? 우리 그렇게 올라온 거 아니었나? 아니, 여기까지 올라온다고 별의별 더러운 짓은 다 한 사람이 지금 허리 한번 굽히기 싫어서 이러는 게 말이 되냐? 미래에 대한 걱정은 잠시 치우자고, 당장 앞에 있는 불 먼저 끄자는 말이야."

박경수가 그의 어깨를 주무르며 말한다. 안석현은 말없이 자신의 어깨 위에 올라와 있는 팔을 내친다.

안석현, 그는 지금 대한민국 속 가장 위 계급에 올라와 있는 사람이다. 여기까지 올라오는데, 당연히 자존심을 모두 포기하고 무릎도 꿇어 봤고 자신보다 나이 어린 사람에게 쌍욕을 먹으며 뺨까지 맞아봤던 사람이다. 더러운 짓 똥물 튀겨가며 여기까지 올라온 사람이 단순히 자존심 때문에 이진수의 도움을 고민하는 것이 아니다. 지금 이진수는 죽을 고비에 있지만, 그가 백정환을 제친 다음 자신이 대선에 당선된다면 이진수의 밑으로 들어가야 하는 것은 당연지사고 다시 힘을 찾은 그를 이길 수도 없을 것이다.

"알았다. 내가 알아서 할게!"

안석현은 박경수에게 이유 없는 짜증만 내고 걸음을 옮긴다. 그의 걱정은 나중 일이었고 야망이란 멈추지 않았다.

9 · 대선

"저는 단도직입적인 이야기를 좋아합니다. 지금 제가 일자리를 못 구해서 비싼 곳은 아니지만, 맛은 좋은 곳으로 예약했습니다. 어쨌든! 싸우기도 싫은데, 싸워야 하는 상대가 이기지도 못할 상대라면 굳이 싸워야 할까요?"

드넓은 평야에서 두 대의 차량과 해변에 있을 만한 파란 플라스틱 테이블 앞에 이진수가 앉아 말을 꺼낸다. 그리고 그의 앞에는 골프공을 손에 쥐고 있는 백정환이 따뜻한 햇살에 눈살을 찌푸리고 있다.

"어떻게 생각하십니까?"

이진수가 턱짓과 함께 입을 다문 그에게 다시 말을 건넨다. 그러나 백정환은 고개를 돌려 바람이 선선하게 부는 평야를 바라볼 뿐 딱히 말은 하지 않는다. 이진수도 이러한 반응을 예상했고 리듬 타듯 고개를 끄덕이며 평야를 바라본다.

백정환은 단 한 번도 이진수와 만난 적이 없다. 그렇다고 이진수가 만나기 위해 강하게 몰아붙인 적도 없다. 그는 간단한 만남도 칼같이 거절했고 이진수에게 돈은커녕 싸구려 믹스커피 한 잔도 받지 않았다. 그러나 지금 백정환이 이진수와 만난 이유는 그도 주변 상황의 흐름을 읽었기 때문이다. 즉 약해진 이진수의 피 냄새를 맡았다는 이야기다.

"싸움 이야기는 이해했어. 나도 들은 것도 있고 대충 보니 딱 사이즈가 그려지잖아. 근데 강석필도 등쌀 밀려 나오는데, 내가 진짜 안 될까?"

백정환이 이진수를 보며 능청스럽게 말한다.

"저는 힘들 거라고 생각합니다."

이진수도 그와 눈을 마주치며 싱긋 웃는다.

"그렇지?"

백정환은 익살스럽게 웃으며 다시 평야를 바라본다. 이진수도 그와 같이 평야를 바라보고 다시 그의 입에서 말이 나올 때까지 기다린다.

"그래서 대선에 나가지 말아달라?"

백정환이 손에 들린 골프공을 꽉 쥔다.

"그렇죠. 근데 제가 해줄 수 있는 것은 없습니다. 있다고 해도 받을 분도 아닌 것 같고요. 제 생각에는 이번 대선에 누가 나오든 강석필 못 이깁니다. 그리고…"

갑자기 백정환이 손에 들린 골프공을 이진수의 이마에 힘껏 던지며 말을 끊는다.

"새끼야~ 나 대선 나갈 생각 없어."

백정환이 이진수에게 말하고 이진수는 고개를 숙여 골프공에 맞은 이마를 비빈다.

"이원택이 너 잡으려고 개지랄을 하더구만, 지금 가장 좆 된 건 너 아니야?"

백정환의 말에 이진수가 고개만 끄덕인다. 최근 이원택의 공격이 더욱 거세졌다. 대천의 조작 수사까지 들어가며 자금 조달의 문제가 생겼고 잠시 멈추었던 균열은 이제 조각이 나기 직전이었다.

"그래서 안석현이랑 같이 정권 넘겨 오려고? 근데 너 말대로 강석필을 지금 누가 이기겠냐?"

"저는 가능하다고 생각합니다."

이진수는 고개를 들고 당차게 말한다. 아무리 조각난 믿음이라고 해도 안석현이 당선만 된다면 모두 괜찮아지는 순간적 문제였다.

"그래서 너는 안석현이 대선을 나가야 하잖아?"

백정환이 말하고 이진수는 고개를 끄덕인다.

"야, 내가 왜 너를 도와야 하냐? 나는 안석현이 절대로 강석필 못 이길 거라고 생각하는데?"

"그건 제가 알아서 하는 겁니다."

이진수가 눈을 부릅뜨며 말한다. 방금 말은 옛날 같았으면 완벽한 계획 속 근거 있는 자신감이었겠지만, 지금은 단순 객기다. 겁을 먹어 짖는 개처럼 말이다.

"그럼 부탁이 있는데, 괜찮지?"

"예, 뭐든지 말씀해 주십쇼."

그의 말에 백정환이 씨익 웃는다.

"먼저 골프공 주워 와."

백정환의 말에 이진수는 바로 자리에서 일어나 바닥에 떨어진 골프공을 주워온다. 그는 지금 대선에서 백정환만 치울 수 있다면 바지를 벗고 흙바닥까지 핥을 수 있다.

"그리고 나 돈 좀 줘라, 한 20억 정도?"

"알겠습니다."

이진수는 생각을 하기 전 대답을 먼저 뱉는다. 골프공을 건네줄 때 그의 눈을 보았고 바로 생각을 읽었기 때문이다. 백정환은 처음부터 대선에 나갈 생각이 없었고 이진수가 찾아오기를 기다리고 있었다. 이진수를 이용해 먹으려고 지금까지 버텼다는 말이다. 그나마 긍정적으로 생각해 본다면 백정환은 많은 걸 바라지 않았다.

그렇게 백정환은 웃으며 자리를 떠났고 이진수는 이를 악물며 지금의 순간을 견딘다. 주변에는 피 냄새를 맡은 하이에나들이 들끓기 시작했고 만약 안석현이 낙선된다면 정말 끝이라는 느낌을 확신했다.

그날 저녁 백정환 앞으로 20억이 도착했다. 그리고 다음 날 그는 무슨 일이 있어도 대선에 나가지 않을 거라고 공표했다. 많은 사람의 만류에도 그의 의지는 굳건했다. 그렇다면 남은 사람은 안석현뿐이었고 나가고 싶어 하는 사람도 안석현뿐이었다. 그렇게 상황은 큰 방지턱 없이 부드럽게 흘러갔지만, 안석현의 마음은 오히려 불편해졌다. 그런 그에게 박경수는 걱정 많은 늙은이라며 놀려댔고 최성진은 그와 만날 시간 없이 이진수와 함께 문제를 돌려막는 데 바빴다.

당에서 안석현의 대선 출마가 확정되고 대선도 점점 다가오자 안석현은 밤낮없이 돌아다니기 시작했다. 언론에 얼굴을 비추고 개그 프로에 깜짝 게스트로 나와 정치적 농담에 불편한 기색 없이 웃으며 자신을 스스로 까 내렸다. 시장도 한 바퀴 돌고 할머니, 할아버지들의 손을 잡는 것은 당연했다. 전국을 돌며 문제가 있는 곳을 봐보고 당선이 된다면 해결책을 바로 내놓겠다고 말하며 현재 대한민국에 대한 문제점을 카메라 앞에서 크게 소리쳐 말했다. 그리고 조심히 돌리고 돌려 상대 당에 대한 비판 아닌 비판도 섞었다. 물론 그 행동은 계획되지 않은 안석현의 독단적인 행동이었지만, 예상외로 반응이 좋게 나왔다. 강석필도 비슷하게 지내고 있으며 그는 굳이 먼저 행동하기보다는 안석현에게 맞추어 따라간다는 느낌이 강했다. 사전 지지율도 강석필이 월등하게 높았고 급한 것은 안석현이기 때문이다.

대선까지는 석 달이 남은 시점, 각자 열심히 자신을 어필했다. 누구나 알지만, 항상 속는 거짓말도 하고 앞으로 대한민국을 먹여 살릴 사람은 자신뿐이라는 말을 매일 하며 카메라 앞에 섰다. 틈틈이 상대를 조심히 까 내리는 것도 잊지 않고 말이다.

대선후보 토론도 항상 그랬듯이 비슷했다. 지지율 상위 네 명이 토론에 나왔지만, 어차피 강석필과 안석현의 싸움이었다. 강석필은 워낙 말을 잘하는 것으로 유명했고 정치 밥도 안석현보다 오래 먹었지만, 처음 실수가 나온 것은 오히려 강석필이었다. 안석현의 허를 찌르는 질문에 강석필은 명확한 답을 하지 못했고 두리뭉실 넘어가려는 것을 그가 끝까지 물고 늘어지며 토론은 끝이 났다. 물론 그 허를 찌르는 질문은 이진수의 도움이었다.

이원택의 공격은 대통령의 임기가 막바지로 갈수록 모든 걸 짜내듯 거칠고 거세졌다. 이진수에 대한 세무조사 및 모든 계좌가 막혔고 과거에 있었던 횡령과 뇌물에 대한 재수사가 진행됐다. 또 계좌가 막히고 금융 조사가 계속 붙자 약속된 대금이 제때 도착하지 못했고 이제 힘의 연결들이 하나둘씩 무너지기 시작했다. 거기에다 피 냄새를 맡은 하이에나들이 그를 찾아와 물어뜯었고 그는 있는 돈 없는 돈, 차까지 팔며 자금을 만들었다. 안석현의 대선에 도움도 줘야 하니 그는 커피를 물처럼 마시고 잠과 식사는 포기하며 지냈다.

시간은 막을 수 없이 계속 흘러갔다. 대선까지는 한 달도 남지 않았다. 당의 모든 일정은 안석현을 중심으로 진행되었고 나머지 사람들은 최대한 몸을 사리고 말까지 아껴가며 잠시 사라져 버렸다. 그리고 총선 결과가 큰 복병이 되었고 안석현의 지지율이 올라 강석필과 맞먹을 정도가 되자 과거에 있었던 일들을 서로 드러내는 치졸한 싸움이 시작되었다. 과거 안석현이 저질렀던 일들, 극히 일부분이지만, 대선이 코앞인 상황에서 뼈아픈 일이었고 당연히 가만히 있지 않을 안석현은 강석필이 과거에 했던 자잘한 범죄, 이상한 기행, 가족들의 문제점까지 보이지 않는 바람으로 언론에 퍼트리며 맞받아쳤다. 마지막 대선 토론까지 끝났지만, 치졸한 싸움은 선거 전날까지 끝나지 않았다.

안석현의 지지율이 오르자 이진수의 꼬리를 자르려고 준비했던 사람들이 다시 그에게 빌붙기 시작했다. 검찰까지 투입된 대천의 수사도 잠시 멈추었고 모두 곧 있을 대선을 기다렸다. 그 뜻은 이원택의 힘이 약해졌다는 것과 동시에 자금을 조달할 수 있다는 것이었고 그 사이 이진수는 상하이에 묶여 있던 달러를 급하게 빼 와 깨진 믿음과 힘을 억지로 붙였다.

그렇게 다들 바쁘게 지내며 시간은 대선 당일, 개표 시작. 안석현과 그의 당 사람들은 당 건물 별관에 앉아 커다란 스크린에 개표방송을 띄어놓고 점잖은 자세로 방송을 보고 있다. 가장 앞자리, 가운데에 앉아 있는 안석현, 그 바로 뒤에 앉아 있는 박경수, 그의 양옆에 앉아 있는 최성진과 백정환까지 모두가 당을 대표하는 색깔의 띠를 두르고 긴장된 표정으로 자세를 고쳐 앉는다.

생각보다 강석필과의 대선 싸움은 비등비등하게 흘러갔고 오히려 이기는 부분도 있었다. 하지만 여론, 그놈의 여론이 문제였다. 최창길이 자살하고 김성국이 실종되고 하는 문제는 잊힌 지 오래였고 그저 안석현이 원래 어떤 이미지이었는지, 강석필이 과거에 뭘 했는지, 그들의 학력과 실수, 자식들의 사소한 문제까지 사람들은 깊은 생각 없이 TV에 나오는 것을 그대로 받아들였다. 그렇게 개표는 30%, 강석필 42%, 안석현 42%. 현재 둘이 소수점 하나까지도 같은 상황, 아래 지방은 원래부터 안석현의 당 색깔로 칠해져 있는 곳이었고 최성건과 최성진 형제 덕분에 그 색깔이 겹겹이 칠해졌다. 그리고 박경수와 최성진은 서로 눈을 마주친다. 박경수는 웃으며 고개를 젓고 최성진은 웃지 못한다. 최성진, 그도 안석현이 낙선을 하게 된다면 이진수와 함께 목이 잘리는 인물이다.

개표 70%, 강석필 45%, 안석현 41%. 이제 따라잡기 힘들 정도로 표 차이가 벌어지기 시작했고 화색이 돌던 당 사람들의 표정도 점점 잿빛으로 물들었다. 안석현의 표정은 무덤덤하고 최성진은 땀을 뻘뻘 흘리며 눈을 감는다.

개표 88%, 강석필의 당선 확정 소식이 대문짝만하게 스크린에 보인다. 침울한 상황 속에서 오히려 안석현은 아쉽지만, 밝은 웃음을 보이며 주변 사람들과 포옹을 한다. 그리고 나머지 인물들도 그동안 수고가 많았다며 쓰라린 덕담을 나누고 아쉬운 악수를 주고받는다. 그렇게 포옹 중인 안석현 앞에 남은 두 명, 박경수와 최성진. 박경수는 안석현의 오랜 동료로서 측은한 표정으로 그의 어깨를 두드려 주고 얼굴을 가깝게 붙여 비밀스러운 말을 주고받는다. 박경수가 자리를 비켜주고 사색이 되어 굳어 있는 최성진에게 안석현이 다가가 포옹을 해준다.

"졌다. 그렇지?"

안석현이 몸을 떨고 있는 최성진의 귓속에 속삭이고 몸을 땐 다음 환한 웃음을 보여준다. 낙선이 되었지만, 안석현과 박경수는 당내 최고 권력을 가진 자들이라 피해는 미미했다. 즉 이제 이진수와 함께 나락으로 떨어질 인물은 최성진뿐이라는 말이다.

"수고했네!"

안석현이 우렁찬 목소리로 말한 다음 다시 포옹을 나눈다. 결국 최성진은 안석현의 품에서 숨길 수 없는 공포가 섞인 눈물을 작게 흘린다.

"성진아, 너는 형 때문에 살았다."

안서현은 그에게 속삭이고 마지막으로 최성진에게 악수를 건넨다.

"감사합니다. 감사합니다!"

최성진은 안석현에게 허리를 굽혀 두 손으로 악수를 받는다.

싸움에 결과는 강석필의 당선과 정권 유지. 강석필 위에 서 있는 이원택은 신에 가까웠고 나락으로 떨어진 이진수는 신의 천벌을 피할 수 없었다. 그의 자택을 포함한 모든 것이 털렸고 최성진은 순순히 모든 걸 말하며 형의 힘 때문에 살아남을 수 있었다. 워낙 이진수와 관련된 사람도 많고 돈도 많아 그는 바로 감옥으로 직행했다. 재판은 한 적도 없지만, 서류상으로 재판은 진행되었고 감옥에 도착한 이진수는 빡빡 밀린 머리와 함께 특별한 사유 없이 독방에 갇혔다. 그가 항소, 이의 신청, 국민청원, 아는 기자 등등 할 수 있는 모든 방법을 사용해봐도 감옥 밖으로 나가지 못했다. 그는 최창길을 죽인 것처럼 모두에게 꼬리가 잘려 죽을 날을 기다리는 신세가 되었다. 혼자 쓸쓸히 초라하게 말이다.

지금 그는 한 평도 되지 않는 독방에 앉아 계획을 세우고 있다. 정확히는 그가 감옥에 가는 계획이 있었다. 문제는 그 계획을 대신 실행해줄 사람이 아무도 없다는 것이다. 그의 밑에서 빌붙던 사람들은 모두 사라졌다. 그의 돈을 받고 일하던 사람들, 변호사, 검사,

경찰, 정치인 모두 꼬리를 자르고 사라졌다. 심지어 대천의 김태웅과 최성진, 허명호까지 말이다. 전부 원래 없던 사람들처럼 없어졌다.

"시발… 나만 믿으라니까…"

이진수는 독방에 홀로 앉아 중얼거린다. 그리고 조용히 눈을 감고 생각에 빠진다. 지금의 상황을 극복할 계획을 끊임없이 만들어 본다. 완벽하고 실수는 없고 실패도 없는 계획…

탕 탕 탕

교도관이 독방의 문을 두드리며 집중 속에 있던 이진수를 꺼낸다. 그는 다시 차가운 현실로 돌아오고 독방의 문이 열린다.

"면회 있습니다."

교도관의 말에 이진수는 겨우 몸을 일으켜 면회실로 가니 그곳에는 최성진이 앉아 있다. 그가 눈에 보인 이진수는 몸에 불이라도 붙은 듯 그에게 달려가지만, 최성진 앞, 투명한 벽에 막힌다. 그 벽은 너무나 투명하지만, 이진수의 힘으로는 넘어갈 수가 없다.

"성진 씨! 저만 믿으세요. 5년만!… 이제 5년만 기다리면 대통령되실 수 있어요. 다…"

귀신 들린 것 같은 이진수의 울부짖음에 최성진이 검지를 치켜세운다. 그리고 이진수는 입을 다문다.

"당연히 저는 진수 씨 믿죠. 항상 하라는 대로 할 거니까, 먼저 중국에 있는 달러가 어디 있는지 말씀해 주세요."

최성진이 미소와 함께 말한다.

"시발…"

이진수가 욕설과 함께 울상을 짓는다. 그리고 자신의 얼굴을 잡아 뜯으며 절규한다. 최성진은 한동안 바닥에 주저앉아 절규하는 이진수를 보다 피곤한 듯 하품 한 번 하고 밖으로 나간다. 그리고 이진수는 교도관에게 끌려가 다시 독방에 간힌다.

"시발, 최성진! 5년만 기다리라고!!"

이진수는 독방 벽에 머리를 박으며 소리를 친다. 그리고 배식구로 들어오는 식판. 그 위에는 아무런 음식 없이, 두 개의 하얀색 알약만 있다. 이 방법은 그가 전 대천의 회장, 김필정을 처리했을 때 사용한 방법이다. 그 이후 매 식사는 생존을 위한 최소한의 음식과 물만 제공되었다. 이진수가 그곳에서 소리를 치고 난동을 피우고 자해를 해도 아무도 그를 도와주지 않았다. 그저 모두 이진수가 그 알약을 먹기를 기다리고 있을 뿐이다. 그렇게 몇 주가 지나고 교도관이 아닌 사람들이 이진수가 간힌 독방 안으로 들어와 뼈만 남아 쓰러져 있는 이진수를 들어 그의 입을 열고 알약을 집어넣는다. 그의 입속으로 들어간 알약은 공허한 어둠을 불러들이며 그의 눈을 가린다.

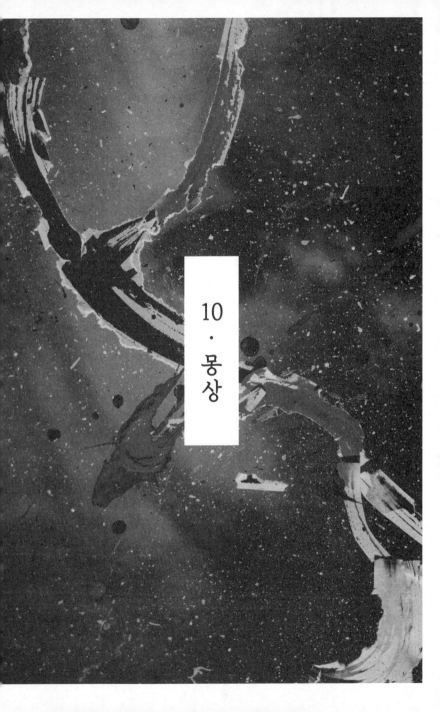

10 · 몽상

"여기가 어디지?"

시간은 한 10년 전? 대충 그 정도인 것 같다. 계절은 알고 싶지 않다. 덥지도 않고 그렇다고 춥지도 않던 날씨 좋은 계절, 아마도 가을이었다. 시간은 태양이 서서히 저물어 가며 노을을 만들고 있었다. 시야는 좁아져 있고 심장 속 피가 끓어오르며 입을 꽉 깨물고 있었지만, 침착하게, 더욱 침착하게 마음을 다스렸다. 생각을 비우고 차분하게 말이다.

옛날부터 나는 감정에 휘둘리지 않는 것을 중요시했다. 내가 중학교 시절 아침밥이 맛없다고 투정 부리던 것을 시작으로 어머니와 다투었는데, 그때 상한 감정이 그날 시험까지 계속 유지되는 바람에 시험을 완전히 말아먹었었다. 그 일이 있고 난 후 감정에 휘둘리지 않는 훈련을 해왔다.

지금 내가 퇴근 시간에 차가 꽉 막혀있을 것을 알고도 굳이 고

속도로를 타고 서울에 가는 이유는 두 시간 전 나에게 걸려 온 전화 한 통 때문이었다. 그 당시 나에게는 여자친구가 있었다. 그녀는 서울에서 지냈는데, 직업은 대천 회장 김필정의 비서였다. 그리고 아까 나에게 걸려 온 전화는 그녀가 강간을 당했다는 나쁜 소식이었다. 타들어 가는 내 속을 알아주지 못하는 서울 사람들은 앞으로 나갈 생각을 하지 않았고 늦은 밤이 돼서야 경찰서에 도착할 수 있었다.

차에서 내리고 얼굴은 당장이라도 불이 날 듯 뜨거웠지만, 차가운 밤공기를 들이마시고 차분하게 내쉬며 감정을 추슬렀다. 이미 전부 타들어 가 더 이상 탈 것도 남지 않았던 내 가슴은 그때 사람을 죽이기 직전의 감정을 느끼게 해주었고 순식간에 경찰서 안으로 들어가게 만들었다.

당장이라도 그 강간범 새끼의 사지를 찢어 죽이고 싶었지만, 확실하게 상황 설명을 듣고 정황까지 보고 난 후 판단해야 하는 일이기도 했다. 내가 검사 일을 하면서 가장 뼈저리게 느낀 점이었다.

경찰서에 들어가고 경찰관의 안내를 받아 간 곳에 앉아 있는 강간범의 뒷모습이 보였다. 당장 달려가 머리를 깨부수고 싶었지만, 천천히 걸음을 옮겨 그의 어깨를 잡았다. 사실 잡았어도 안 되었다. 근데 자동으로 움직이던 몸을 겨우 컨트롤한 게 그 정도였다. 그리고 밝게 웃으며 나를 바라보던 젊은 남성. 아니, 교복을 입고 있던 학생. 교복이 눈에 보이자 반대로 그놈이 내 머리를 깬 것 같았다. 당시 그 학생의 이름을 모를 때였지만, 그는 대천 그룹의 둘째 아들 김태수였다.

"제가 누군지 아세요?"

나는 최대한 밝게 웃으며 김태수에게 말했다. 그때 내가 왜 저런 질문을 가장 먼저 던졌는지는 모르겠다. 아마도 대한민국 검사라는 자긍심이 마음 깊숙한 곳에 박혀있던 시절이라 그랬던 것 같다. 물론 상대는 재벌 3세였지만, 말이다.

"모르는데요?"

김태수는 순진무구한 아기 같은 미소를 지으며 내게 말했다. 그때 내 한쪽 눈깔이 반쯤 뒤집힌 것 같았다. 손에 칼이 있었다면 그놈이 평생 웃을 수 있게 입을 찢어놨을 거다.

"이거 손 놓으시고 이야기는 저랑 하시면 됩니다."

누군가 내 팔을 잡고 말했다. 그는 김태수의 변호사였고 안경을 쓰고 있는 모습이 아주 꼴 보기 싫었던 게 기억이 난다. 하지만 장소는 경찰서 안, 변호사가 떡 하니 보고 있는 앞에서 감정적으로 난동을 피울 수 없는 노릇이었기에 나는 그의 발길을 따라갔다. 도착한 곳은 주차장 앞, 나무로 만든 벤치였고 그 변호사는 나와 같이 나란히 앉으며 김태수에 대한 간략한 설명을 들려줬다. 그 학생이 대천 그룹의 차남이라는 설명과 함께 변호사는 나에게 사진 몇

장을 건넸다.

여자친구와 똑같이 생긴 여성의 뒷모습 그리고 그 옆에 김태수, 김태수와 여자친구가 온라인 메신저에서 나눈 야릇한 대화 내용, 호텔에서 같이 손을 잡고 나온 사진. 호텔 사진은 얼굴까지 정확하게 찍힌 사진이었다.

"저 검사예요. 시발…"

말이 막 나왔는데, 울분에 밀린 극한의 분노가 올라오기 직전 입을 꽉 다물었고 감정을 추슬렀다.

"이딴 증거로 빠져나갈 생각하지 마세요."

말을 더 길게 이어 나가고 싶었지만, 계속 분노가 튀어나오려고 하자 그냥 입을 꽉 다물었다. 아니, 솔직히 뭔 말을 해야 할지도 몰랐다. 대놓고 여자친구가 김태수를 꼬시는 대화 내용, 호텔에서 같이 손을 잡고 있는 사진이 있는데, 더 확실한 증거는 차고 넘쳤을 게 뻔했기 때문이었다. 간단하게 생각만 해봐도 내가 본 사진은 진짜였고 가해자는 대천 그룹의 차남, 학생, 그냥 답이 없었다.

그 당시 나는 검사라는 명함 하나만 믿고 어깨를 당당히 펴고 다니던 시절이었다. 무슨 문제가 있어도 영화처럼 혹은 드라마처럼 검사라는 명함 하나가 모든 걸 해결해 줄 거라고 생각했었다. 그리고 대부분은 정말로 해결되었지만, 가장 중요한 순간이던 그 때는 아니었다. 그리고 명함 하나가 내 눈을 가렸다.

[대천 金佛情(김필정)]

"대천 그룹의 회장님이십니다. 이게 그냥 작은 문제가 아니잖아요. 그래서 직접 만나고 싶어 하세요."

변호사가 안경을 슬쩍 올리며 내게 말했다.

"왜 저를 만나요. 당한 건 제가 아닌데."

내 말에 변호사는 들고 있던 명함을 허벅지 위에 올리고 담배를 꺼내 입에 물었다. 그리고 담배 하나를 더 꺼내 내게 건넸다.

"말이나 해요."

나는 답답한 분노를 잔뜩 묻혀 말했다. 변호사는 나를 위해 꺼냈던 담배를 바닥에 버려 밟아 버리고 입에 물었던 담배는 다시 손에 끼웠다.

"여자친구라면서요?"

변호사의 질문에 나는 주먹을 꽉 쥐었고 묵묵히 고개만 끄덕였다. 그 질문을 듣자마자 그녀와 있었던 추억들이 순식간에 지나갔기 때문이었다.

"결혼할 거예요?"

"야, 이 시발 새끼야."

변호사는 내 욕을 농담 삼아 피식 웃으며 다시 담배를 입에 물고 불을 붙였다. 그때 진짜 감옥 갈 생각까지 하고 그 새끼를 때리려고 했었다.

"아무리 검사라고 해봤자 연줄도 없고 백도 없는데, 뭐 못해요. 당신 여자친구가 돈에 눈멀어서 같이 자다가 걸릴 것 같으니까 경찰에 신고한 건데, 뭐 되겠냐고요. 가해자 아직 미성년자고 이 제 대한민국에서 내로라할 변호사들이 달라붙을 건데, 이길 거 같 아?"

변호사는 그윽한 담배 연기 속에 묻혀 내 눈을 바라봤다. 그때 도 사람의 눈을 바라보면 생각을 읽을 수 있었지만, 그럴 여유가 없었던 순간이었다. 그리고 막상 그의 말을 들으니 살인 생각까지 들게 했던 내 분노는 잠시 얌전해졌다.

"내가 형으로서 말하는 건데, 쓸데없는 감정을 버리고 냉철하게 미래를 봐."

그는 말과 함께 허벅지 위에 있던 명함을 손에 꼽고 다시 내게 건넸다.

[대천 金佛情(김필정)]

성공, 나에게는 성공하고 싶다는 큰 꿈이 있었다. 그렇기에 가 장 유명했던 사법고시를 봤고 검사가 되었다. 하지만 연줄도 백 도 하나 없는 나에게 현실은 따듯하게 웃어 주지 않았다. 터져 나 올 것 같은 분노와 성공하고 싶다는 욕망이 서로 부딪쳤다. 이성적 으로 생각해 봤을 때 김필정이라는 사람을 만나고 나서 무엇을 해 도 늦지 않았다.

"진짜 결혼할 생각은 없긴 한데… 너무 쓰레기 새끼 같잖아요."

그때 내 인생 마지막으로 눈물을 흘렸던 것 같다. 그냥 상황도 뭐 같았고 나 자신이 역겨웠고 혐오스러웠고 상황을 해결할 힘도 없는 것도… 그냥 눈물이 나왔던 것 같다.

최대한 눈물을 참으려고 했으나 나는 남자답지 못하게 흐느껴 울었다. 그리고 변호사는 아무 말 없이 내 등을 두드려주었다. 내가 왜 흐느껴 울었냐고? 내 손에 그 명함이 쥐어져 있었거든.

그때로부터 며칠이 지나고 문이 열리며 회색 코트를 입은 김필정이 안으로 들어왔다. 그리고 검은색 목조 의자를 빼 그 위에 앉았다.

"이진수 검사님, 이야기 다 들었습니다. 뭐, 할 말이 없네요. 제가 애가 태어나고도 회사 때문에 자식 교육 같은 걸 잘 못 했어요. 죄송합니다. 이게 돈으로 해결될 문제는 아닌 것 같은데, 또 여기까지 오신 것을 보면 저희끼리 문제를 잘 해결하고 싶은 마음이 있어 보이네요. 그렇죠?"

"예, 좋은 게 좋은 거 아니겠습니까. 그리고 그냥… 말 편하게 하셔도 됩니다."

나는 침울한 표정과 함께 힘이 잔뜩 빠진 목소리로 말했다. 내가 그때 다 죽어갔던 이유? 여자친구가 강간당해서? 직업이 검사인데, 별 도움을 주지 못해서? 아니, 다 아니었다. 여자친구가, 사랑하는 여자친구가 강간을 당했지만, 성공하고 싶은 마음을 버리지 못한 나 자신, 사랑… 인간으로 해야 할 도리보다 성공을 선택한 내 자신이 역겨웠기 때문이었다.

"음… 그래. 알았어. 다시 한번 아들 일은 진심으로 사과하네. 나름 나랑도 오래 일했던 비서고 나도 사람인지라 정이 있잖아. 내가 해줄 수 있는 거는 아낌없이 해줄 거야. 그 부분은 걱정하지 말어."

"예. 감사합니다."

나는 딱딱한 말투와 함께 고개를 짧게 끄덕였다. 그때 여자친구에게 들어가는 보상은 관심 가지고 싶지 않았다.

"검사님은 원하는 거 있나? 조용히 넘어가 준 보답은 내가 해야지."

김필정은 식탁 옆에 탑을 쌓고 있는 컵 하나를 내 앞에 놓고 물을 따라주며 말했다.

"예… 그냥…"

말을 끝맺지 못했지만, 그때 머릿속에는 김태수를 때려죽이는 생각을 했었다. 하지만 그 생각의 끝은 나의 성공한 인생. 그렇기에 이는 더욱 바득 갈렸고 몸에 역겨운 힘이 들어가기 시작했다. 성공, 그놈의 성공 때문이었다. 돈과 힘이 필요했다. 지금 내 앞에 있는 사람처럼 가만히 앉아 있어도 모두가 머리를 조아리는 그런 돈과 힘 말이다.

"뭘, 해줄 수 있습니까?"

내 말에 김필정이 피식 웃었던 모습이 아직도 기억에 생생하다. 그때 그와 눈을 마주 보고 있어서 그의 생각을 잘 읽을 수 있었는데, 나를 무시하거나 그런 게 아니었다. 뭔가 넘어왔다? 아니, 자신이 계획한 대로 상황이 잘 흘러가고 있다는 아주 기고만장한 생각을 하고 있었다. 물론 그는 그런 생각을 해도 될만한 사람이란 게 더 짜증이 났다.

"검사가 뭐 우리 회사 들어올 리는 없을 거고, 장사치 할 거도 아니고 크게 돈 굴릴 거도 아니잖아. 내가 정치권 사람들이랑 조금 친해서 자리 한번 만들어 줄 수 있는데? 이건 좀 어때?"

설마 저 말이 진짜 자리만 만들어 주겠다는 말이었겠는가? 그때 눈앞에 동아줄이 내려와 보였던 것 같다.

그 뒤로 김필정과 잦은 연락을 하였고 정계에 힘이 있는 거물들과 만나기 시작했다. 그때 학연의 진정한 맛을 알았고 핸드폰은 전화번호로 무거워졌다. 새로운 인연은 새로운 인연으로 연결이 되었고 근무처인 구암보다 서울에서 지내는 시간이 더욱 많아졌다. 소문은 소리도 없이 퍼졌는지 원래 나에게 눈길도 주지 않던 검사 양반들이 히죽히죽 웃으며 빌붙었고 구암 검찰청에서 높은 사람들과 술자리를 가질 수 있었다. 그럼 여자친구는? 어… 잠깐만.

어느 순간부터 김필정은 나에게 조그마한 부탁을 하기 시작했다. 누군가의 주민등록증을 보내고 그 사람의 신상을 알아달라, 차량 번호판을 보내고 소유자가 누군지 알아달라 등등 처음에는 어느 정도 눈 감고 들어줄 만한 부탁이었다. 그리고 내가 서울로 발령이 났을 때였나? 그때인가?

아! 여자친구? 당연히 버렸다. 결혼한 것도 아니고 애가 있는 것도 아니었으니 나는 책임질 의무가 없었다. 사건은 법원 앞도 가지 못했고 김태수는 무혐의로 풀려나 신나게 놀러 다녔다. 내 여자친구… 아니, 그 여자는 보통 성격의 여자가 아니었고 뒤에서 몰래 복수를 준비했었다. 그래봤자 평범한 20대였으니 김필정의 귀에 금방 들어갔다. 그리고 김필정은 그런 걸 굉장히 싫어하는 사람이었다.

김필정은 그의 눈에 거슬리며 사라져도 문제가 없는 사람들을 죽였다. 조선족에게 큰돈을 물려 사람을 죽이고 시체를 드럼통에 넣어 바다에 버렸다. 아무래도 사람을 죽이는 것이다 보니 자주 하지는 않았지만, 그렇다고 적게 하지도 않았다. 그리고 어느 순간 나는 그의 살인 뒤처리를 도와주고 있었다.

내 손으로 그녀를 드럼통에 넣었고

특별히 같이 배를 타고 내가 직접 손으로 밀어 보내주었다.

드럼통 안, 피에 버무려져 있는 그녀의 잘린 머리를 보았을 때 그냥… 시발…?

아니, 악감정은 전혀 들지 않았다. 그렇게 영원히 아름다운 바닷속에 묻힌 그녀는 제주도에 가던 중 실종된 걸로 영원히 사라졌다. 내 기억에서도 말이다.

그렇게 계속된 정계 사람들과의 만남, 검사, 판사, 의원, 장관, 차관 그리고 이원택과 최창길, 김성국. 특히 김성국과 친해지게 되었는데, 당연히 거기에는 김필정과 김성국의 더러운 거래 그리고 그 뒤를 깔끔히 봐주고 입이 무거운 사람, 내가 도움을 많이 주었기 때문이다.

단지 내 계획을 성공시키기 위해 김필정과 김성국이 필연적으로 죽어야만 했을 뿐이었다. 나의 더러운 모습을 알고 있는 사람이 없어져야 했을 뿐이었다. 단지 그뿐이었다. 개인적인 감정은 절대로 없었다. 나중에 내 발목을 잡을 수도 있잖아? 그렇지?

그렇게 그들 밑에서 몇 년을 일했다. 앞에서는 검사님, 검사님 하며 나를 대접해 주는 척했지만, 뒤에서는 입 다물고 심부름하는 똥개 취급을 했다. 그 사실은 나도 알고 있었지만, 억지로 웃으며 그들에게 고개와 허리를 숙였다. 그리고 김필정이 폭행 사건으로 잠시 뉴스에 올랐던 시기가 있었는데, 그때를 기점으로 내게 연락이 뜸해졌다. 김성국과 여러 정계 인사들도 말이다. 옛날에는 간단한 술자리에도 나를 불러 끼워줬었는데, 그때부터 정말 필요한 일만 시켰다. 그사이 나는 위대한 계획을 만들기 시작했다. 김필정을 넘어 김성국, 이원택이라는 진짜 힘을 만나고 나서 내가 가진 힘은 눈곱보다 작다는 것을 뼈서리게 느꼈다. 그래서 그들 위에 서 있을 절대적인 힘을 꿈꾸었고 그게 나의 위대한 계획이었다. 계획을 만드는 데만 몇 년을 갈아 넣었고 진행은 20년을 해야 하는 말도 안 되는 일이었지만, 실패할 거라는 생각은 들지 않았다.

권력과 연락이 끊긴 지 오랜 시간이 지나고 김필정에게 다시 연락이 왔었다. 한 남자의 신상을 전부 뽑아 달라는 일이었다. 그 남자의 이름은 박종혁, 그때 처음 그놈을 만났다. 무려 김태수를 죽였고 이야기를 들어보니 사람을 완벽하게 죽인다고 했다. 처음에는 믿지 않았지만, 김필정을 통해 그의 능력을 확인했고 내 계획은 지름길을 걸었다.

색깔은 사라지고, 모든 게 멈춘다. 눈앞에 보이던 김필정과 박종혁은 먼지가 되어 날리고 남은 것은 어둠과 좌절이라는 감정. 정말 오랜만에 느끼는 감정이다. 그리고 그 좌절은 슬픔과 절망을 불러와 작은 문을 만든다. 그 문을 열자 보이는 무한한 어둠, 역겹고 치사한 냄새, 오물과 살인의 냄새, 배신과 공포의 냄새, 마지막으로 걸어 나오는 목이 잘린 박종혁.

"결과는 돌고 돌아 간다며?"

그 목이 잘린 놈이 내 손을 잡고 문 안으로 끌고 간다. 처절한 저항은 하지 않는다. 그러고 싶은 마음도 없다. 여기서 저항하고 객

기를 부리며 모든 걸 거부한다고 해도 결과는 돌고 돌아 같을 것
같다. 이것은 완벽한 확신이다.